紅樓夢古抄本叢刊

舒元煒序本紅樓夢

【一】

人民文學出版社

圖書在版編目（CIP）數據

舒元煒序本紅樓夢：全3冊/（清）曹雪芹著. —北京：人民文學出版社，2017(2021.1 重印)

(紅樓夢古抄本叢刊)

ISBN 978-7-02-013176-1

Ⅰ.①舒… Ⅱ.①曹… Ⅲ.①章回小說—中國—清代 Ⅳ.①I242.4

中國版本圖書館 CIP 數據核字(2017)第 235119 號

責任編輯　胡文駿
責任印製　王重藝

出版發行　人民文學出版社
社　　址　北京市朝内大街 166 號
郵政編碼　100705
網　　址　http://www.rw-cn.com

印　　刷　三河市中晟雅豪印務有限公司
經　　銷　全國新華書店等

開　　本　880 毫米×1230 毫米　1/32
印　　張　40　插頁 4
印　　數　3001—5000
版　　次　2019 年 8 月北京第 1 版
印　　次　2021 年 1 月第 2 次印刷

書　　號　978-7-02-013176-1
定　　價　249.00 圓(全 3 冊)

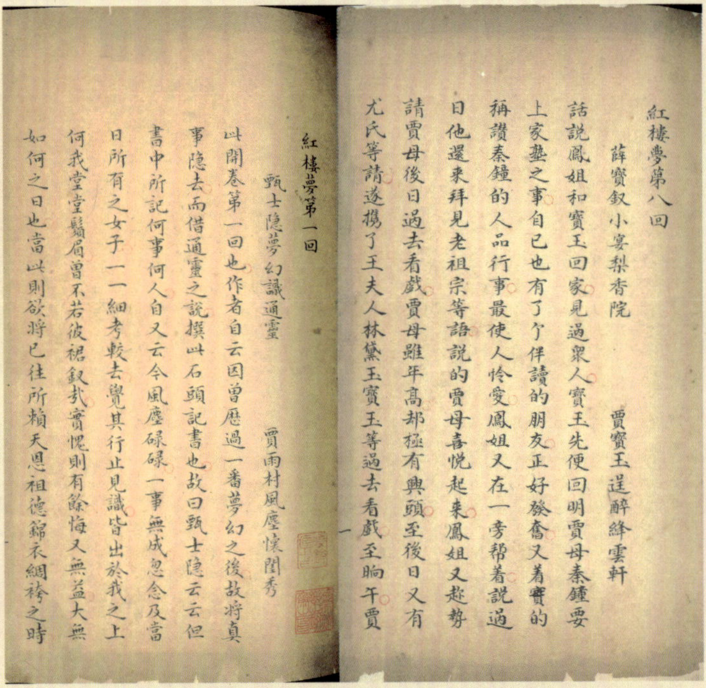
紅樓夢第八回
薛寶釵小宴梨香院　賈寶玉逞醉絳雲軒
話說鳳姐和寶玉回家見過衆人寶玉先便回明賈母秦鍾要
上家塾之事自已也有了个伴讀的朋友正好發奮又着實的
稱讚秦鍾的人品行事最使人憐愛鳳姐又在一旁帮着說過
日他還來拜見老祖宗等語說的賈母喜悅起來鳳姐又趂勢
請賈母後日過去看戲賈母雖年高却極有興頭至後日又有
尤氏等請遂攜了王夫人林黛玉寶玉等過去看戲至晌午賈

紅樓夢第一回
甄士隱夢幻識通靈　賈雨村風塵懷閨秀
此開卷第一回也作者自云因曾歷過一番夢幻之後故將真
事隱去而借通靈之說撰此石頭記書也故曰甄士隱云云但
書中所記何事何人自又云今風塵碌碌一事無成忽念及當
日所有之女子一一細考較去覺其行止見識皆出於我之上
何我堂堂鬚眉曾不若彼裙釵哉實愧則有餘悔又無益大無
如何之日也當此則欲將已往所賴天恩祖德錦衣紈袴之時

據劉世德教授、夏薇博士等學者考辨，舒序本內頁存在天頭地腳寬窄不同的差異（如圖所示），天頭大的部分是：目録，第一至七回，第九至十二回，第十七至十八回，第二十一至三十二回，第三十六至四十回；天頭小的部分是：序文，題詞，第八回，第十三至十六回，第十九至二十回，第三十三至三十五回。為了忠實地反映這種情況，此次影印我們根據原抄面貌按比例對版心做了調整。謹此說明。

影印《舒元煒序本紅樓夢》序

胡文彬

在迄今已經發現的十餘種早期脂評抄本中，惟吳曉鈴先生所藏的《舒元煒序本紅樓夢》鮮為人知。數年前，中華書局編輯出版『古本小說叢刊』，收入《舒元煒序本紅樓夢》（見第一輯第四、五册），研究者纔有機會得睹『廬山真面目』。或許由於這一原因，長期以來研究舒本的文章甚少，有些介紹版本的文章也語焉不詳，難以瞭解其真實的面貌。筆者數年前有幸購得『古本小說叢刊』第一輯，終因雜事猬集而未能仔細閱讀，更遑論深入研究了。最近時間稍得寬裕，方將舒本從頭至尾重温一遍，獲益良多，大有相見恨晚之感。謹將所見、所感、所思分述如次，聊供時賢俊彦參考。

一、《舒元煒序本紅樓夢》概貌及其脂本特徵

《舒元煒序本紅樓夢》，略稱『舒序本』、『舒本』，又因舒序紀年乾隆五十四年（一七八九）為『己酉』年，故版本研究者又稱『己酉本』。此本原抄八十回，今止存第一至第四十回，

是爲殘本。封面『紅樓夢』三字，次舒元煒序，舒元炳題《沁園春》詞一首（末署『澹遊偶題』）。第十五回末『下回分解』之後，另頁抄有『但不知寶玉在饅頭庵與秦鍾那日晚間算何賬，叫某好不明白也。然亦難免風月行藏，大關風化矣。可笑之至』一段文字，或爲抄者批語。第四十回末又有相同於第十五回末另頁批注：『萬事情長，有限光陰。吾不樂其山水哉！偶筆。』正文每面八行，行二十四字，字迹尚算工整，點改較少。第十七回、十八回已經分開，第十七回回目是『大觀園試才題對額，榮國府奉旨賜歸寧』；第十八回回目是『隔珠簾父女勉忠勤，搦湘管姊弟裁題詠』。

舒序本盡管已經删除大量脂硯齋等人批語，但細按四十回全部文字，可以確認它仍保留脂本的基本特徵。

（一）保留了脂評本中部分回前回後詩對。例如，舒序本第五回回目後有：『題曰：春困葳蕤擁綉衾，恍隨仙子别紅塵。問誰幻入華胥境，千古風流造業人。』第六回回末有：『正是：得意濃時易接濟，受恩深處勝親朋。』第七回回末又重抄了這副詩對。第八回回末有：『早知日後閑争氣，豈有今朝（錯讀書）。』後三字殘缺，爲筆者加。第十三回回末有：『正是：金紫萬千誰治國，裙釵一二可齊家。』第二十三回回末有：『正是：粧晨綉夜心無矣，對月臨風恨有之。』早期抄本中的回前回後詩對各本存數不同，文字也略有差异。但程甲、乙兩本已無回前回後詩對，這是脂前程後的重要證據之一。

（二）保留了脂評本部分回前批。例如，舒序本第二回回目後有長段批語，即『此回亦非正文本旨……可知此一回則是虚敲旁擊之文，則是反逆隱曲之筆』一段，文字與抄寫款式同於戚序本。又，第五回回前詩後有脂批云：『第四回中既將薛家母子在榮府中寄居等事，略已表明，此回則漸不能寫矣。』庚辰本有此一段文字，而戚序本與程甲、乙本均無這段批語。

（三）保留了脂評本部分獨有的似批非批文字。例如，舒序本第十七回末從『元春入室更衣畢』至『說不盡這太平氣象，富貴風流』二行之後，有如下一段長文（戚序本在第十八回中）：

此時自己回想當初在大荒山中青埂峰下那等凄涼寂寞，若不虧癩僧跛道二人携來到此，又安能得見這般世（圈掉，旁添『識』字）面。本欲作一聯《燈月賦》、《省親頌》，一誌今日之事，又恐入了別書的俗套。按此時之景，即特作一賦一讚，也不能形容得盡其妙。即不作賦讚，其豪華富麗，觀者諸公亦可想而知矣。所以倒是省了這工夫紙筆罷了。

下接『要知端詳，且看下回』。研究者對這段文字究竟是批語混入正文還是作者旁白，看法不一。但此為脂評本所獨有文字則是共識。

又，舒序本第十八回寫元妃進園後『已而入一石港，港上一面匾燈，明現着「蓼汀花溆」四字』，下接文字是：

按此四字，並有鳳來儀等處，皆係上面（圈去，旁添『回』字）賈政偶然一試寶玉之課藝才情耳。……故此竟用了寶玉所題之聯額。那日雖未題完，後來亦曾補擬。

下接『閒文少述，且説賈妃……』戚序本等亦有此文字，而程甲、程乙本明顯作了刪節。

綜上所述，舒序本原底本當係從附有脂評的抄本迻録，根據是充分的、可信的。

二、舒序本回目與正文异同

細察舒序本正文，四十回回目大多同於或近似於各早期脂評本的回目，但也有此本獨出的回目。例如，第三回回目『托内兄如海酬閨師，接外孫賈母憐孤女』，雖與甲辰本、蒙府本、戚序本等有貌似之處，但又不完全相同。第五回回目『靈石迷性難解仙機，警幻多情秘垂淫訓』，獨成一類。如第六回回目『賈寶玉初試雲雨情，劉姥姥一進榮國府』、第七回回目『送宫花周瑞歎英蓮，談肄業秦鍾結寶玉』、第八回回目『薛寶釵小宴梨香院，賈寶玉逞醉絳雲軒』（卷首總目録此回回目作『薛寶釵小恙梨花院，賈寶玉大醉絳雲軒』），基本同於甲戌本，或與他本微有差异。他如第二十五回、第二十六回兩回回目則大同小異。

如與程甲本回目相比較，第一、二回全同。第三回程甲本作『惜孤女』，舒序本作『憐孤女』，小异。第四回程甲本作『判斷葫蘆案』，舒序本則作『亂判葫蘆案』，雖一字之差，但文意分量大不相同。第五回程甲本作『賈寶玉神遊太虚境，警幻仙曲演紅樓夢』，與舒序本文字不同。又，程甲本第十八回『皇恩重元妃省父母，天倫樂寶玉呈才藻』，舒序本則作『隔珠簾父女勉忠勤，搦湘管姊弟裁題咏』，也全然不同。應該指明的是，舒序本卷首總目録中第四十回無回目，正文回目同程甲本；另頁有回目『夏金桂計用奪寵餌，王道士戲述療妬羹』，此應為第八十回回目。由於原總目遺三頁紙而無法推考其具體内容。

關於舒序本所存四十回正文與各本之間的差异，可參閲俞平老《讀紅樓夢隨筆》（見《俞平伯論紅樓夢》第三十四、三十五節《記吴藏殘本》，上海古籍出版社一九八八年版第七六六—七七八頁），限於篇幅不再迻録。我非常同意俞平老的下述結論：

如上言回目不同，也可以看出。即如脂本本來矛盾的地方，它也没改，尤為顯證。……可見它的底本，的確也是個脂本。（第七七六頁）

三、舒元煒序中的『數尚缺夫秦關』的文獻價值

《舒元煒序本紅樓夢》是新紅學誕生以來八十餘年間所發現的珍貴抄本之一。盡管抄本只存前四十回，舒序文采和内涵遜於戚蓼生序，但其所透露的信息則是戚序和夢覺主人序所無法媲美的。我個人認為，這部抄本和舒序的重要價值，可以從下面幾個層面來解讀。

（一）從早期脂評抄本本身的價值來説，舒序本的發現、影印，不僅增加了脂評抄本的數量，更重要的是為《紅樓夢》成書研究提供了新的證據，推動了成書研究的深入。

（二）舒元煒序中明確説到這部抄本是他與弟弟舒元炳（澹遊）客居著名藏書家玉棟（筠圃）家的時候協助主人抄録的。玉棟家藏僅存『五十三篇』，又從鄰家當廉使處借了另外『二十七

卷』，足成八十回本。同時也告訴我們當時過録、收藏《紅樓夢》抄本的人遠非玉棟一家，鄰家當廉使家也藏有一部。這個傳抄過程為我們瞭解早期抄本流傳經過提供了可信的根據。

（三）舒元煒序本封面書名及各回魚口均題『紅樓夢』三個大字，説明早在清乾隆五十四年之前已有了《紅樓夢》這個書名，打破了以往某些學人所認為的八十回抄本皆題為《石頭記》的神話。

（四）尤為重要的是，舒元煒在序中寫道：

惜乎《紅樓夢》之觀止於八十回也。全册未窺，悵神龍之無尾；闕疑不少，隱斑豹之全身。然而以此始，以此終，知人尚論者，固當顛末之悉備；若夫觀其文，觀其竅，閒情偶適者，復何爛斷之為嫌。矧乃篇篇魚貫，幅幅蟬聯，漫云用十而得五，業已有二於三分。從此合豐城之劍，完美無難；豈其探赤水之珠，虛無莫叩。……就現在之五十三篇，特加讎校；借鄰家之二十七卷，合付鈔胥。核全函於斯部，數尚缺夫秦關；返故物於君家，璧已完乎趙舍……

這段序文中多處用典，但關乎《紅樓夢》成書的重要之處則在『數尚缺夫秦關』六個字。所謂『秦關』者，原指秦地所置之關塞。鮑照《蕭史曲》詩有云：『龍飛逸天路，鳳起出秦關。』李白《登敬亭北二小山》詩云：『迴鞭指長安，西日落秦關。』但舒序中所用『秦關』二字乃是『秦關百二』之典故的略寫，『原典出於《史記·高祖本紀》……此百二即一百二十之簡稱。』（見

《俞平伯論紅樓夢》第七六七—七六八頁）俞平老指出：

> 詳述這第三段，因這話是很重要的，乾隆末年相傳《紅樓夢》原本一百二十回。這跟我以前所想到所説過的稍有不同。……跟程偉元的話有些相合。……我從前以為這是程高二人的謊話，現在看來並非這樣。

俞平老乃誠實學人，他由舒序的『數尚缺夫秦關』出典得出的結論令人敬佩不已！

四、玉棟、舒元煒兄弟與當廉使生平綫索

當今天大家有幸獲讀《舒元煒序本紅樓夢》的時候，我們固然要感謝舒元煒為我們留下這篇重要的序文，並以他的序文命名這部抄本。但是我們不該忘記這部抄本的原主人玉筠圃和他的鄰居當廉使，因為如果不是玉筠圃的提議並出示所藏五十三回，不是他主動去借另外的二十七回，那麼舒氏兄弟無緣得見八十回抄本《紅樓夢》，也無法參與這部抄本的迻録。可以説這部抄本的主人是玉筠圃而非舒氏兄弟，今日之命名『舒序本』已有喧賓奪主之嫌。

筠圃，即玉棟，字子隆，號筠圃，内務府正白旗漢軍人，原襄平（今遼寧省遼陽市）姚氏。清乾隆十年（一七四五）生，嘉慶四年（一七九九）卒。乾隆三十五年（一七七〇）舉人，

曾官山東臨邑知縣。在北京曾居北城，藏書最富，凡王漁洋、黄叔琳兩家書多歸之名下，聞名京師。有關玉棟的詳細生平事迹，可參閲周紹良先生著《舒元煒序本〈紅樓夢〉跋》（見周著《紅樓夢研究論集》，山西人民出版社一九八三年版第二六六—二七一頁）。

據周先生所考，『當廉使』極可能就是曾任承德府知府的當保。當保，滿洲鑲白旗人，官至直隸按察使，乾隆五十年（一七八五）十月卒。此人經歷十分值得追索，王先謙《東華録》卷一百零二中記載，乾隆五十年七月庚戌『以徐嗣曾為福建巡撫，伍拉納為福建布政使，當保為河南按察使』。這段經歷文字提醒我們注意周春《閲〈紅樓夢〉隨筆》中提到的有人曾告知一百二十回《紅樓夢》抄本事，這個人就是周文中所説的『雁隅』——徐嗣曾。徐氏與當保同年代同朝為官，他們之間是否談及《紅樓夢》呢？倘有可能，那麽與舒序中所記百二十回本事相互印證，可以肯定早在程高印本之前抄本百二十回《紅樓夢》存在的事實。

舒元煒兄弟生平材料極少，俞平老與周紹良先生所得材料可證二人為浙江仁和（今屬杭州）人。煒字董園，炳字澹遊。兄弟二人於乾隆五十四年在京應試不售，而寓筠圃主人處以待下屆。其後兄弟二人的經歷綫索尚有待紅學同道的共同努力，倘有所獲則為功德事也！

《紅樓夢》早期抄本的發現在新紅學創建史上具有重要意義，它為新紅學的發展和繁榮起到了巨大的推動作用。回顧以往的版本研究歷程，我深感本子的發現固然重要，但更重要的是我們，需要一批耐得住寂寞和清貧的學者心甘情願地投身到這塊充滿誘惑又充滿困惑的熱土上來。我清楚地知道，校勘工作既貴心細，尤貴眼明。心細較為容易做到，眼明則是對校勘者知識修養和靈性高低的考驗。

我真誠期盼人民文學出版社此次影印《舒元煒序本紅樓夢》，能為脂評抄本研究帶來新的推動力。

是為序。

壬辰清秋寫於京華飲水堂東窗下，丙申隆冬改定

目録

登高能賦大都肖物為工窮力追新只是陳言務去惜乎紅樓夢之觀止
於八十回也全冊未窺悵神龍之無尾闕疑不少隱斑豹之全身然而以
此始以此終知人尚論者固當顛末之悉備若夫觀其　觀其竅閒情
偶適者復何爛斷之為嫌矧乃篇ゝ魚貫幅ゝ蟬聯漫云用十而得五業
已有二于三分從此合豐城之劍完美無難豈其探赤水之珠虛無莫叩
爰夫譜華冑之興衰列名媛之動止匠心獨運信手拈來情　文言立
有體風光居然細膩波瀾但欠老成則是書之大略也董園子偕弟澹遊
方隨計吏之暇憩紹衣之堂維時溽暑蒸時雨霈苔衣封壁蕉　月子
之賓蠹簡生春搜篋得卧遊之具逆其錦心繡口聯篇則柳絮團空洎乎
譎波詭雲四座亦冠纓索絕處、　夭祼行ゝ安石碎、　片香零
粉怨尋觳而獲爨下之桐雖　曰圓ゝ、

人瞿然謂客曰客亦知乎[illegible]之緣離合悲歡之故有如是書也夫

悟矣二子其為我賛成之可矣於是搖毫擲簡口誦手批就現在之五十

三篇特加讐校借鄰家之二十七卷合付鈔胥核全函于斯部数尚缺夫

秦關返故物于君家璧已完乎趙舍（君先與當廬使並録者此八十卷也）觀其天室永[illegible]

之締宗功肅霜露之晨秉朱輪者奚止十人珥金貂者儼然七葉庭前舞

彩膝下含飴大母則宜仙宜佛郎君乃如醉如癡御潘岳之板輿閑園暇

日承華歆之家法密室朝儀劉氏三姝謝家羣從雅有荀香之癖時移徐

淑之書林下風清山中雪満珠合于浦星聚于堂絳蠟筵前分曹射覆青

綾帳裏索笑聯唫王茂宏之犢車頗傳侈謬鄭康成之家婢綽有風華耳

目為之一新富貴斯能不朽至其指事類情即物呈巧皎皎靈臺空空妙

伎鎔金刻木則曼衍魚龍範水模山則觸地邱壑儼昌黎之記畫雜曼倩

之答賓善戲謔兮姑謀樂也代白丁兮入地號墨吏兮燃犀歡娛筵上幻出清淨道場脂粉行中忝以風流裙屐放屠刀而成佛血濺天桃借冷眼以觀時風寒落葉凡茲種種吾欲云云足以破悶懷足以供清玩主人曰自我失之復自我得之是書成而升沉顯晦之必有緣離合悲懽之必有故吾遊悟矣塵夢夢塵寰范范大地色空幻境作者增好了之悲哀樂中年我亦隨酸辛之淚昔曾聚于物之好今仍得于力之强然而黃壚回首邈若山河痛當壚使也燕市題襟雨分新舊辨酸鹹于味外公等洵是妙人感物理之無常我亦曾經滄海半叔子峴首之嗟於斯為盛蓋次公仰屋之嘆良不偶然斗筲可飲千鍾且與醉花前之酒黃粱熟于俄頃姑樂遊壺內之天客曰善于是乎序

乾隆五十四年歲次屠維作噩且月上浣虎林董園氏舒元煒序并書于

金臺客舍

沁園春

貴族豪華。公子風流。綺羅爭妍。嘆眉尖常鎖。空驚才艷。帳前微語。竟説姻緣。兩美難并。一心誰屬。幼小情親意倍牽。尤堪羨。羨一家姊妹。箇箇能賢。

酒酣芍藥橫眠。更翠羽輕披分外鮮。看斑衣起舞。鄉真善謔。倩粧復懃。我亦生憐。裘可重縫。花能解語。觴政平持巧令宣。重展卷。恨未窺全豹。結想徒然。

涪遊偶題

紅樓夢目録

薛寶釵小恙梨花院　　賈寶玉大醉絳雲軒

第九回

戀風流情友入學堂　　起嫌疑頑童鬧家塾

第十回

金寡婦貪利權受辱　　張太醫論病細窮源

第十一回

慶壽辰寧府排家宴　　見熙鳳賈瑞起淫心

第十二回

王熙鳳毒設相思局　賈天祥正照風月鑒

○第十三回

秦可卿死封龍禁尉　王熙鳳協理寧國府

第十四回

林如海捐館揚州府　賈寶玉路謁北靜王

第十五回

王熙鳳弄權鐵檻寺　秦鯨卿得趣饅頭菴

第十六回

醉金剛輕財尚義俠　癡兒女遺帕惹相思

第二十五回

魘魔法姊弟逢五鬼　通靈玉蒙蔽遇雙仙

第二十六回

蜂腰橋設言傳密語　瀟湘館春困發幽情

第二十七回

滴翠亭楊妃戲彩蝶　埋香塚飛燕泣殘紅

第二十八回

夏金桂計用奪寵餌　王道士戲述療妬羮

紅樓夢第一回

甄士隱夢幻識通靈　賈雨村風塵懷閨秀

此開卷第一回也。作者自云因曾歷過一番夢幻之後。故將真事隱去。而借通靈之說。撰此石頭記書也。故曰甄士隱云云。但書中所記何事何人。自又云今風塵碌碌。一事無成。忽念及當日所有之女子。一一細考較去。覺其行止見識。皆出於我之上。何我堂堂鬚眉。曾不若彼裙釵哉。實愧則有餘。悔又無益。大無如何之日也。當此則欲將已往所賴天恩祖德。錦衣紈袴之時

飫甘饜肥之日皆父兄教育之恩皆師友規諫之德以致今日
一伎無成半生潦倒之罪編述一集以告天下人我之罪固不
免然閨閣中本自歷歷有人若不可因我之不肖自護己短一
併使其泯滅也雖今日之茆椽蓬牖瓦灶繩床其晨夕風露階
柳庭花亦未有妨我之襟懷筆墨雖我未學下筆無文又何妨
用假語村言敷演出一段故事來亦可使閨閣昭然復可悅世
之目破人愁悶不亦宜乎故曰賈雨村云云
此回中凡用夢用幻等字是提醒閱者眼目亦是此書立意本

旨。列位看官你道此書從何而来。說起根由。雖近荒唐。細按則

深有趣味。待在下將此来歷註明。方使閱者了然不惑。原来女

媧氏煉石補天之時。於大荒山。無稽崖。煉成高徑十二丈方徑

二十四丈頑石三萬六千五百零一塊。媧皇氏只用了三萬六

千五百塊。只單單剩了一塊未用。便棄在此山青埂峰下。誰知

此石自經煅煉之後。靈性已通。因見衆石俱得補天。獨自己無

材。不堪入選。遂自怨自嗟。日夜悲號慚愧。一日正當嗟悼之際。

俄見一僧一道。遠遠而来。生得骨格不凡。丰神迥異。来至石下。

席地而坐。長談。見一塊鮮明瑩潔的美玉。且又縮成扇墜大小
的。可佩可拿。那僧托于掌上。笑道。形體倒也是個寶物了。還只
說有寔在好處。須得再鐫上數字。使人一見便知是奇物方妙。
然後携你到那昌明隆盛之邦。詩禮簪纓之族。花柳繁華地。溫
柔富貴鄉。去安身樂業。石頭聽了。喜不能禁。乃問不知賜了弟
子那幾件奇處。又不知携弟子到何地方。望乞明示。使弟子不
惑。那僧笑道。你且莫問。日後自然明白。說着便袖了這石。同那
道人飄然而去。竟不知投奔何方何舍。後來不知又過了幾世

幾劫。有個空空道人訪道求仙。忽從這大荒山無稽崖青埂峯
山經過。忽見一大石上字跡分明。編述歷歷。空空道人乃從頭
一看。原來就是無材補天。幻形入世。蒙茫茫大士。渺渺真人。携
入紅塵。歷盡離合悲歡炎涼世態的一段故事。後面又有一首
偈云。

無材可去補蒼天。　枉入紅塵若許年。　此係身前身後事。
倩誰記取作奇傳。

詩後便是此石墮落之鄉。投胎之處。親自經歷的一段陳迹故

事○其中家庭閨閣瑣事○以及閨情詩詞○倒還全備○或可適趣解
悶○然朝代年紀○地輿邦國○卻反失落無攷○空空道人遂向石頭
說道○石兄你這一段故事○據你自己說有些趣味○故編寫在此○
意欲問世傳奇○據我看來○第一件無朝代年紀可攷○第二件並
無大賢大忠○理朝廷治風俗善政○其中只不過幾個異樣女子○
或情或痴○或小才微善○亦無班姑蔡女之德能○我縱抄去○恐世
人不愛看呢○石頭笑荅道○我師何太痴也○若云無朝代可攷○今
我師竟假借漢唐等年紀添綴○又有何難○但我想歷來野史皆

蹈一轍。莫如我這不借此套者。反倒新奇别致。不過只取其事
體情理罷了。又何必拘于朝代年紀哉。再者市井俗人。喜看理
治之書者甚少。愛適趣閒文者特多。歷来野史。或訕謗君相。或
貶人妻女。姦淫凶惡。不可勝数。至若佳人才子。則又千部共出
一套。且其中終不能不涉於淫濫。以致潘安子建。西子文君。不
過作者要寫出自己的那兩首情詩艶賦来。故假擬男女二人
各之情。又必旁出一小人其間撥亂。亦如劇中之小丑。然且鬟婢
開口。即者也之乎。非文即理。故逐一看去。悉皆自相矛盾。大不

近情理之話。竟不如我半世親睹親聞的這幾個女子。雖不敢說强似前代書中所有之人。但事跡原委。亦可以消愁破悶。也有幾首歪詩熟話。可以噴飯供酒。至若離合悲歡。興衰際遇。則又追踪躡跡。不敢稍加穿鑿。徒為供人之目。而反失其真傳者。今之人。貧者日為衣食所累。富又懷不足之心。縱一時稍閒。又有貪淫戀色。好貨尋愁之事。那裏去有工夫看理治之書。所以我這一段事。不願世人稱奇道妙。也不定要世人喜悅檢讀。只願他們當那醉酒飽臥之時。或避事去愁之際。把此一玩。豈不

省了些壽命筋力，就比那謀虛逐妄，却也省些口舌是非之害，
腿脚奔忙之苦。再者，亦令世人換新眼目，不比那些胡牽亂扯，
忽離忽遇，滿紙才人淑女、子建文君、紅娘小玉等通共熟套之
舊稿。我師意為何如？空空道人聽如此說，思忖半晌，將這石頭
記再檢閱一遍，因見上面雖有些指奸責佞貶惡誅邪之語，亦
非傷時罵世之旨；及至君仁臣良、父慈子孝，凡倫常所關之處，
皆是稱功頌德，眷眷無窮，寔非別書之可比。雖其中大旨談情，
亦不過寔錄其事，又非假擬妄稱，一味淫邀艷約、私訂偷盟之

可比。因毫不干涉時世。方從頭至尾。抄録回来。問世傳奇。因空見色。由色生情。傳情入色。自色悟空。遂易名為情僧。改石頭記為情僧録。東魯孔梅溪則題曰。風月寶鑑。後因曹雪芹於悼紅軒中。披閱十載。增删五次。纂成目録。分出章回。則題曰金陵十二釵。並題一絕云。

滿紙荒唐言。一把辛酸泪。都云作者痴。誰解其中味。

出則既明。且看石上是何故事。按那石上書云。當日地陷東南。這東南一隅。有處曰姑蘇。有城曰閶門者。最是紅塵中一二等富貴風流之地。這閶門外有個十里街。街內有個仁清巷。巷內有個古廟。因地窄狹。人皆呼作葫蘆廟。廟旁住着一家鄉宦。姓甄。名費。字士隱。嫡妻封氏。情性賢淑。深知禮義。家中雖不甚富貴。然本地便也推他為望族了。因這甄士隱秉性恬淡。不以功名為念。每日只以灌花修竹。酌酒吟詩為樂。倒是神仙一流人品。只是一件不足。如今年已半百。膝下無兒。只有一女。乳名英蓮。年方三歲。一日炎夏永晝。士隱於書房閒坐。至手倦拋書。伏几少憩。不覺朦朧睡去。夢至一處。不辨是何地方。忽見那廂來了一僧一道。且行且談。只聽道人問道。你攜了這蠢物。意欲何往。那僧笑道。你放心。如今現有一段風流公案。正該了結。這一干風流冤家。尚未投胎入世。趁此機會。就將此蠢物夾帶於中。使他去經歷經歷。那道人道。原来近日風流冤孽。又將造劫歷世。去不成。但不知落於何方何處。那僧笑道。此事說来好笑。竟是千古未聞的罕事。只因西方靈河岸上三生石畔。有絳珠草一株。時有赤瑕宮神瑛侍者。日以甘露灌溉。這絳珠草始得久延歲月。後来既受天地精華。復得雨露滋養。遂得脫却草胎木質。得換人形。僅修成個女體。終日遊於離恨天外。飢則食蜜青果為膳。渴則飲灌愁海水為湯。只因尚未酬報灌溉之德。故甚至五內便鬱結着一段纏綿不盡之意。恰近日這神瑛侍者凡心偶熾。乘此昌明太平朝市。意欲下凡造歷幻緣。已在警幻仙子案前掛了號。警幻亦曾問及灌溉之情未償。趁此倒可了結得。那絳珠仙子道。是甘露之惠。我並無此水可還。他既下世為人。我也去下世為人。但把我一生所有的眼淚還他。也償還得過他了。因此一事。就勾出多少風流冤家來。陪他們去了結此案。那道人道果是罕聞。寔未聞有還淚之説。想來這一段故事。比歷來風月事故更加瑣碎細膩了。那僧道。歷來幾個風流人物。不過傳其大槩。以及詩詞篇章而已。至家庭閨閣中一飲一食。總未述記。再者大半風月故事。不過偷香竊玉。暗約私奔而已。並不曾將兒女之真情。發洩一二。想這一干人入世。其情痴色鬼。賢愚不肖者。悉與前人傳述不同矣。那道人道。趁此何不你我也去下世度脫幾個。豈不是一塲功德。那僧道。正合吾意。你且同我到警幻仙子宮中。將這蠢物交割清楚。待等這一干風流孽鬼下世已完。你我再去。如今雖有一半落塵。然猶未全集。道人道既如此。便隨你去來。如今却說甄士隱已聽得明白。但不知所云蠢物。是何東西。遂不禁上前施禮笑問道。二仙師請了。那僧道也忙荅禮相問。士隱因說道。適聞仙師所談因果。寔人世罕聞者。但弟子愚濁。不能洞悉明白。若蒙大開痴頑。備悉一聞。弟子則洗耳諦聽。稍能警省。亦可免沈淪之苦。二仙笑道此乃元機。不可預洩者。到那時只不要忘了我二人。便可跳出火坑矣。士隱聽了。不便再問。因笑道元機不可預洩。但適

云蠢物。不知為何。或可一見否。那僧道。若問此物。倒有一面之
緣。說着取出遞與士隱。士隱接了看時。原来是塊鮮明美玉。上
面字跡分明。鐫着通靈寶玉四字。後面還有幾行小字。正欲細
看時。那僧便說已到幻境。便强從手中奪了去。與道人竟過一
大石牌坊。上大書四字。乃是太虛幻境。兩邊又有一副對聯道。
是色色空空地。真真假假天。士隱意欲也跟了過去。方舉步時。
忽聽一聲霹靂。有若山崩地陷。士隱大叫一聲。定睛一看。只見
烈焰炎炎。芭蕉冉冉。夢中之事。便忘了對半。又見了奶姆正抱

了英蓮走来。士隱見女兒越發生得粉粧玉琢。乖覺可喜。便伸手接来抱在懷中。鬥他頑耍。一面又帶至街前看那過會的熱鬧。方欲進来時。只見從那邊来一僧一道。那僧則癩頭跣足。那道則跛足蓬頭。瘋瘋顛顛。揮霍談笑而至。及到了他門前。看見士隱道。施主你把這有命無運。累及爹娘之物。抱在懷内作甚。士隱聽了。知是瘋話。也不去睬他。那僧還説捨我罷。捨我罷。士隱不耐煩。便抱女兒撤身要進去。那僧乃指着他大笑。口内念了四句言詞。道是

九

慣養嬌生笑你痴。菱花空對雪澌澌。好防佳節元宵後。
便是烟消火滅時。

士隱聽得明白。心下猶豫。意欲問他們来歷。只聽道人說道你
我不必同行。就此分手。各幹營生去罷。三刼後我在北卬山等
你會齊了。同往太虛幻境銷號。那僧道最妙最妙。說畢二人一
去。再不見个踪影了。士隱心中此時自忖。這兩個人必有来歷。
該試一問。如今悔却晚也。這士隱正痴想。忽見隔壁葫蘆廟内
寄居的一个窮儒。姓賈名化。表字時飛。別號雨村者。走了出来。

這賈雨村原係湖州人氏。詩書仕宦之族。因他生於末世。父母祖宗根基一盡。人口衰喪。只剩得一身一口。在家鄉無益。因進京求取功名。再整基業。自前歲来此。又淹蹇住了。暫寄廟中安身。每日賣字作文為生。故士隱常與他交接。當下雨村見了士隱。忙施禮陪笑道。老先生倚門竚望。敢街市上有甚新聞否。士隱笑道。非也。適因小女啼哭。引他出来作耍。正是無聊之甚。兄来得正妙。請入小齋一談。彼此皆可消此永晝。說着便令人送女兒進去。自攜了雨村来至書房。小童献茶。方談得三五句話。

忽家人飛報嚴老爺来拜。士隱慌忙起身謝罪道。恕誑駕之罪。略坐。弟即来陪。雨村忙起身亦讓道。老先生請便。晚生乃常造之客。稍候何妨。說着士隱已出前廳去了。這裏雨村且翻弄書籍解悶。忽聽得窻外有女子嗽聲。雨村遂起身往窻外一看。原来是一個丫嬛在那裏擷花。生得儀容不俗。眉目清明。雖無十分姿色。却亦有動人之處。雨村不覺看得呆了。那甄家丫嬛擷了花。方欲走時。猛擡頭見窻内有敝巾舊服。雖是貧窘。然生得腰圓背厚。面濶口方。更兼劍眉星眼。直鼻權腮。這丫嬛忙轉身

迴避。心下乃想這人生的這樣雄壯。却又這樣襤褸。想他定是
我家主人常說的什麽賈雨村了。每有意幫助周濟。只是沒甚
機會。我家並無這樣貧窘親友。想定係此人無疑了。怪道人說
他必非久困之人。如此想不免又回頭兩次。雨村見他回頭。便
自為此女子心中有意于他。便喜狂不禁。自為此女子必是個
巨眼英豪。風塵中之知己也。一時小童進來。雨村打聽得前面
留飯。不可久待。遂從夾道中自便出門去了。士隱待客既散。知
雨村自便。也不去再邀。一日早又中秋佳節。士隱家宴已畢。乃

又另具一席于書房。却自已步月至廟中来邀。雨村自那日見了甄家之婢。曾回顧他兩次。自為是個知己。便時刻放在心上。今又正值中秋。不免對月有懷。因而口占五言一律云。

未卜三生願。 頻添一段愁。 悶来時斂額。 行去幾回頭。

自顧風前影。 誰堪月下儔。 蟾光如有意。 先照玉人樓。

雨村吟罷。因又思及平生抱負。苦未逢時。乃又搔首對天長嘆。復高吟一聯曰。

玉在櫝中求善價。　釵於奩内待時飛。

恰至士隱走来聽見笑道雨村兄真抱負不淺也。雨村忙笑道這不過偶吟前人之句。何敢狂誕至此。因問老先生何興至此。士隱笑道今夜中秋。俗謂團圓之節。想尊兄旅寄僧房。不無寂寥之感。今特具小酌。邀兄到敝齋一飯。不知可納芹意否。雨村聽了。並不推辭。便笑道既蒙愛。何敢拂此盛情。說着便同了士隱復過這邊書院中来。須臾茶畢。已設下杯盤。那美酒佳餚。自不必說。二人歸坐。先是款斟慢飲。次漸談至興濃。不覺飛觥傳掌起来。當時街坊上家家簫管。戶戶弦歌。當頭一輪明月。飛彩凝輝。二人愈添豪興。酒到杯乾。雨村此時已有七八分酒意。狂興不禁。乃對月寓杯口號一絕云。

時逢三五便團圓。　滿把清光護玉欄。　天上一輪纔捧出。

人間萬姓仰頭看。

士隱聽了大叫妙哉。吾每謂兄必非久居人下者。今所吟之句。飛騰之兆已見。不日可接履于雲霓之上矣。可賀可賀。乃親斟一斗為賀。雨邨因乾過。嘆道非晚生酒後狂言。若論時尚之學。

晚生也或可去充數沽名。只是目下行囊路費。一槩無措。神京
路遠。非賴賣字撰文即能到者。士隱不待說完。便道兄何不早
言。愚每有此心。但每遇兄時。兄並未談及。愚故未敢唐突。今既
及此。愚雖不才。義利二字。却還認得。且喜明歲正當大比。兄宜
作速入都。春闈一戰。方不負兄之所學也。其盤費餘事。弟自代
為處置。亦不枉兄之謬識矣。當下即命小童進去速封五十兩
白銀。並兩套冬衣。又云十九日乃黃道之期。兄可即買舟西上。
待雄飛高舉。明冬再晤。豈非大快之事耶。雨村收了銀衣。不過

略謝一語。並不介意。仍是喫酒談笑。那天已交三鼓。二人方散。
士隱送雨村去後。回房一覺。直至紅日三竿方醒。因思昨夜之
事。意欲再寫兩封薦書與雨村帶至神都。使雨村投謁個仕宦
之家為寄足之地。因使人過去請時。那家人去了回来說。和尚
說賈爺今日五鼓已進京去了。也曾留下與和尚轉達老爺。說
讀書之人。不在黄道黑道。總以事理為要。不及面辭了。士隱聽
了也只得罷了。真是閒處光陰易過。倏忽又是元宵佳節矣。因
士隱命家人霍啟。抱了英蓮去看社火花燈。半夜中霍啟因要

小解。便將英蓮放在一家門檻上坐着。待他小解完了。来抱時。
那有英蓮的踪影。急得霍啟直尋了半夜。至天明不見。那霍啟
也就不敢回来見主人。便逃往他鄉去了。那士隱夫婦見女兒
一夜不歸。便知有些不妥。再使幾人去尋找。回来皆云連音響
皆無。夫婦二人半世只生此女。一旦失落。豈不思想。因此晝夜
啼哭。幾乎不曾尋死。看看一月。士隱先就得了一病。當時封氏
孺人也因思女搆疾。日日請醫療治。不想這日三月十五。葫蘆
廟中炸供。那些和尚不加小心。致使油鍋火逸。便燒着窗紙。此

方人家都用竹籬木壁者多。大抵也因劫數。於是接二連三。牽
五掛四。將一條街燒得如火燄山一般。彼時雖有軍民來救。那
火已成了勢。如何救得下。直燒了一夜。方漸漸的熄去。也不知
燒了幾家。只可憐甄家在隔壁。早已燒成一片瓦礫場了。只有
他夫婦。並幾個家人的性命不曾傷了。急得士隱惟跌足長嘆
而已。只得與妻子商議。且到田庄上去安身。偏值近年水旱不
收。鼠盜蜂起。無非搶田搶地。鼠竊狗偷。民不安生。因此官兵勦
捕。難以安身。士隱只得將田莊都折變了。便攜了妻子與兩個

丫嬛。投他岳丈家去。他岳丈名喚封肅。本貫大如州人氏。雖是務農。家中都還殷實。今見女婿這等狼狽而來。心中便有些不樂。幸而士隱還有折變地的銀子未曾用完。拿出來託他隨分就價薄置些須房地。為後日衣食之計。那封肅便半哄半賺。些須與他些薄田朽屋。士隱乃讀書之人。不慣生理稼穡等事。勉强支持了一二年。越覺窮了下去。封肅每見面時。便說些現成話。且人前人後。又怨他們不善過活。只一味好喫懶做等語。士隱知投人不着。心中未免悔恨。再兼上年驚唬。急忿怨痛。已傷暮年之人。貧病交攻。竟漸漸的露出那下世的光景来。可巧這日狂了。拐挣挫到街前散散心時。忽見那邊来了一个跛足道人。瘋狂落脱。蔴屣鶉衣。口内念着幾句言詞道是。

世人都曉神仙好。惟有功名忘不了。古今將相在何方。荒塚一堆皆没了。世人都曉神仙好。只有金銀忘不了。終朝只恨聚無多。及到那時眼閉了。世人都曉神仙好。只有嬌妻忘不了。君生日日説恩情。君死又隨人去了。世人都曉神仙好。只有兒孫忘不了。痴心父母古来多。　孝順兒孫誰見了。
士隱聽了。便迎上来道。你滿口說些什麽。只聽見些好了。那道
人笑道。你若果聽見好了二字。還算你明白。可知世人萬般好。
便是了。了便是好。若不了。便不好。若要好。須是了。我這歌便名
好了歌。士隱本是有宿慧的。一聞此言。心中早已徹悟。因笑道
且住。待我將這好了歌解註出来何如。道人笑道。你解你解。士
隱乃說道。
陋室空堂。當年笏滿床。衰草枯楊。曾為歌舞場。蛛絲兒結滿

雕梁。綠紗今又糊在蓬窗上。說什麽脂正濃。粉正香。如何兩鬢又成霜。　昨日黃土隴頭送白骨。今宵紅燈帳底臥鴛鴦。金滿箱。銀滿箱。轉眼乞丐人皆謗。正嘆他人命不長。那知自歸來喪。　訓有方。保不定日後作強梁。擇膏粱。誰承望流落在烟花巷。自嫌紗帽小。致使鎖枷扛。昨憐破襖寒。今嫌紫蟒長。亂烘烘你方唱罷我登場。反認他鄉是故鄉。　甚荒唐。到頭來都是為他人作嫁衣裳。

那瘋跛道人聽了。拍掌笑道解得切。解得切。士隱便說了一聲

走罷。将道人肩上搭連搶了過来背着。竟不回家。同了瘋道人
飄飄而去。當時烘動街坊衆人。當做一件新聞傳説。封氏聞得
此信。哭個死去活来。只得與父親商議遣人各處找尋。那討音
信。無奈何少不得依靠着他父母度日。幸而身邊還有兩個舊
日的丫嬛伏侍。主僕三人。日夜作些針線發賣。帮着父母用度。
那封肅雖然日日抱怨。也無奈何了。這日那甄家大丫嬛在門
首買線。忽聽街上喝道之聲。衆人都説新太爺到任。丫嬛于是
隱在門内看時。只見軍牢快手。一對一對的過去了。俄而大轎

撞着一個烏帽猩袍的官府過去了。丫嬛倒發個怔。自思這官好面善。倒像在那裏見過的。於是進入房中。也就丢過不在心上。至晚間正待歇息之時。忽聽一片聲打的門響。許多人亂嚷說本府太爺的差人来傳人問話。封肅聽了。唬的目瞪口呆。不知有何禍事。且聽下回分解。

紅樓夢第二回

賈夫人仙逝揚州城　冷子興演説榮國府

此回亦非正文本旨。只在冷子興一人。即俗謂冷中出熱。無中生有也。其演説榮府一篇者。蓋因族大人多。若從作者筆下一一叙出。盡一二回不能得明。則成何文字。故借用冷字一人。略出其文。半使閱者心中已有一榮府隱隱在心。然後用黛玉寶釵等。兩三次皴染。則躍然於心中眼中矣。此即畫家三染法也。未寫榮府正人。先寫外戚。是由遠及近。由小至大也。若使先叙

出榮府。然後一一叙及外戚。又一一至朋友。至奴僕。其死板拮
据之筆。豈作十二釵人手中之物也。今先寫外戚者。正是寫榮
國一府也。故又怕閑文贅瘰。開筆即寫賈夫人已死。是特使黛
玉入榮府之速也。通靈寶玉。於士隱夢中一出。今又于子興口
中一出。閱者已洞然矣。然後于黛玉寶釵二人目中極精極細
一描。則是文章鎖住處。蓋不肯一筆直下。有若放閘之水。然信
之爆。使其精華一洩而無餘也。究竟此玉原出自釵黛目中。方
有照應。今預從子興說出。寔雖寫而却未寫。觀其後文。可知此

一回則是虛敲旁擊之文。筆則是反逆隱曲之筆。

詩云

一局輸贏料不真。　香銷茶盡尚逡巡。　欲知目下興衰兆。

須問旁觀冷眼人。

却説封肅因聽見公差傳喚。忙出来陪笑啟問。那些人只嚷快請出甄爺来。封肅忙陪笑道小人姓封。並不姓甄。只有當日小壻姓甄。今已出家一二年了。不知可是問他。那些公人道我們也不知什麽真假。因奉太爺之命来問你。既是你女壻。便帶了

二

你去親見太爺面稟。省得亂。說着不容封肅多言。大家推擁他去了。封家人各各都驚慌。不知何兆。那天約二更時。只見封肅方回来。歡天喜地。衆人忙問端的。他乃說道原来本府新陞的太爺姓賈名化。本湖州人氏。曾與小壻舊日相交。方總在偺門前過去。因看見嬌杏那丫頭買線。所以他只當女壻移住于此。我一一將原故回明。那太爺倒傷感嘆息了一回。又問外孫女兒。我說看燈丟了。太爺說不妨。我自使番役。自必探訪回来。說了一會話。臨走倒送了我二兩銀子。甄家娘子聽了。不免心中

傷感○一宿無話○至次日早有雨村遣人送了兩封銀子○四疋錦
緞○荅謝甄家娘子○又寄一封密書與封肅○轉托他問甄家娘子
要那嬌杏作二房○封肅喜的屁滾尿流○爬不得去奉承○便在女
兒前一力攛掇成了○乘夜中用一乘小轎○便把嬌杏送進去了○
雨村歡喜自不必說○乃封百金贈封肅○外謝甄家娘子許多物
事○令其好生養贍○以待尋訪女兒下落○封肅回家無話○却說嬌
杏這丫鬟○便是那年回顧雨村者○因偶然一顧○便弄出這段事
來○亦是自己意料不到之奇緣○誰想他命運兩濟○不承望自到

三

雨村身邊。只一年便生了一子。又半載雨村嫡妻忽染疾下世。雨村便將他扶側作正室夫人了。正是偶然一着。便為人上人。原来雨村因那年士隱贈銀之後。他于十六日便起身入都。至大比之期。不料他十分得意。已會了進士。選入外班。今已陞了本府知府。雖才幹優長。未免有些貪酷之弊。且又恃才侮上。那些官員皆側目而視。不上一年。便被上司尋了個空隙。作成一本。參他生性狡猾。擅纂禮義。且沽清正之名。而暗結虎狼之屬。致使地方多事。民命不堪等語。龍顏大怒。即批革職。該部文

書一到。本府官員無不喜悅。那雨村心中雖十分慚恨。卻面上
全無一點怨色。仍是嬉笑自若。交代過公事。將歷年積的宦資
本。並家小人屬。送至原籍安挿妥協。卻是自已擔風袖月。游覽
天下勝跡名區。又游至維揚地面。因聞的今歲鹺政點的是林
如海。這林如海姓林名海。表字如海。乃是前科的探花。今已陞
至蘭臺寺大人。本貫姑蘇人氏。今欽點出為巡鹽御史。到任方
一月有餘。原來這林如海之祖。曾襲過列侯。今到如海。業經五
世。起初時只封襲三世。因當今隆恩盛德。遠邁前代。額外加恩。

四

至如海之父。又襲了一代。至如海便從科第出身。雖係鐘鼎之家。却亦是書香之族。只可惜這林氏支庶不盛。子孫有限。雖有幾門。却與如海俱是堂族而已。没甚親枝嫡派的。今如海年已四十。只有一个三歲之子。偏又于去歲死了。雖有幾房姬妾。奈他年終無子。亦無可如何之事。今只有嫡妻賈氏生的一女。乳名黛玉。年方五歲。夫妻無子。故愛女如珍。且又見他聰明清秀。便也欲使他讀書識得幾个字。不過假充養子之意。聊解膝下荒冷之嘆。雨村正值偶感風寒。病在旅店。將一月光景。方漸愈。一因身體勞倦。二因盤費不繼。也正欲尋個合式之處。暫且歇下。
幸有兩個舊友。亦在此境居住。因聞得鹺政欲聘一西賓。雨村
便相托友力謀了進去。且作安身之計。妙在只一个女學生。並
兩個伴讀丫嬛。這女學生年又小。身體又極怯弱。工課不限多
寡。故十分省力。看看又是一載的光陰。誰知女學生之母賈氏
夫人。一疾而終。女學生侍湯奉葯。守喪盡哀。遂又將要辭館別
圖。林如海意欲令女守制讀書。故又將他留下。近因女學生哀
痛過傷。本自怯弱多病的。觸犯舊症。遂連日不曾上學。雨村閒

五

居無聊。每當風日晴和。飯後便出来閒步。這日偶至郭外。意欲
賞鑒那村野風光。忽信步至一山環水旋。茂林深竹之處。隱隱
有座廟宇。門巷傾頽。墻垣朽敗。門前有額題着智通寺三字。門
旁又有一副舊破的對聯。曰。身後有餘忘縮手。眼前無路想回
頭。雨村看了。因想到這兩句話。文雖淺近。其意則深。也曾游過
些名山大刹。不曾見過這話頭。其中想必有個翻過筋斗来的。
也未可知。何不進去試試。想着走入看時。只有一個龍鍾老僧。
在那裏煑粥。雨村見了便不在意。及至問他兩句話。那老僧既

聾且昏。齒落舌鈍。所荅非所問。雨村不耐煩。便仍出來欲到那村肆中沽飲三杯。以助野趣。於是款步行來。剛入肆門。只見座上喫酒之客。有一人起身大笑。接了出來。口內說奇遇奇遇。雨村忙看時。此人是都中在古董行中貿易的。號冷子興者。舊日在都相識。雨村最讚這冷子興是個有作為大本領的人。這子興又借雨村斯文之名。故二人說話投機。最相契合。雨村忙亦笑問老兄何日到此。弟竟不知。今日偶遇。真奇緣也。子興道去年歲底到家。今因還要入都。從此順路找個敝友說一句話。承

他之情。留我多住兩日。我也無要緊事。且盤桓兩日。到月半時
也就起身了。今日敝友有事。我因閒步至此。且歇歇脚。不期這
樣巧遇。一面說一面讓雨村同席坐了。另整上酒餚来。二人閒
談慢飲。叙些別後之事。雨村因問近日都中可有新聞没有。子
興道到没有什麽新聞。倒是老先生你貴同宗家。出了一件小
小的異事。雨村笑道弟族中無人在都。何談及此。子興笑道你
們同姓。定是同宗一族。雨村問是誰家。子興道榮國府賈府中。
可也不玷辱了先生的門楣了。雨村笑道原来是他家。若論起

来寒族人丁却不少自東漢賈復以来枝派繁盛各省皆有誰能逐細考查若論榮國一枝却是同譜但他那等榮耀我們不便去攀扯故至今越發生疎難認了子興嘆道老先生休如此說如今這榮國兩門也都蕭疎了不比先時的光景雨村道當日寧榮兩宅的人口也極多如何就蕭疎了冷子興道正是說来也話長雨村道去歲我到金陵地界因欲游覧六朝遺跡那日進了石頭城從老宅門前經過街東是寧國府街西是榮國府二宅相連竟將大半條街占了門前雖冷落無人隔着圍墻

七

一望裡面廳殿樓閣。也還都崢嶸軒峻。就是後一帶花園子裡。樹木山石。都還有蓊蔚洇潤之氣。那裡像個衰敗之家。冷子興笑道。虧你是進士出身。原來不通。古人有云。百足之蟲。死而不僵。如今雖說不似先年那樣興盛。較之平常仕宦之家。到底氣象不同。如今生齒日繁。事務日盛。主僕上下。安富尊榮者儘多。

排場費用○

運籌謀畫者無一。其日用排場費用。又不能將就省儉。如今外面的架子雖未甚倒。內囊卻也盡上來了。這還是小事。更有一件大事。誰知這樣鐘鳴鼎食之家。翰墨詩書之族。如今兒孫竟一代不如一代了。雨村聽說也咩道這樣詩禮之家。豈有不善教育之理。别門不知。只說寧榮二宅。是最教子有方的。子興嘆道正說的是這弟兄兩个早分居了。寧國公。榮國公。是一母同胞弟兄兩個。寧公居長。生了四个兒子。寧公死後。長子賈代化襲了官。也養了兩個兒子。長名賈敷。至八九歲上便死了。只剩了次子賈敬。襲了官。如今一味好道。只爱燒丹煉汞。餘者一概不在心上。幸而早年留下一子。名喚賈珍。因他父親一心想作神仙。把官倒讓他襲了。他父親又不肯回原籍來。只在都中城外。

和道士們胡羼。這位珍爺也倒生一个兒子。今年纔十六歲。名叫賈蓉。如今敬老爺一概不管。這珍爺那裡肯讀書。只一味享樂不了。把寧國府竟翻了過來。也没有敢來管他。再說榮府你聽。方纔所說異事。就出在這裏。自榮公死後。長子賈代善襲了官。娶的是金陵世勳史侯家的小姐。為生了兩个兒子。長子賈赦。次子賈政。如今代善早已去世。太夫人尚在。長子賈赦襲着官。次子賈政。自幼酷愛讀書。祖父最疼。原欲以科甲出身的。不料代善臨終時。遺本一上。皇上因恤先臣。即時令長子襲官外。

問還有幾子。立刻引見。遂額外賜了這政老爺一個主事職銜。令其入部學習。如今現已陞了員外郎了。這政老爺夫人王氏。頭胎生的公子。名喚賈珠。十四歲進學。不到二十歲就娶了妻。生了子。因得一病而終。第二胎生了一位小姐。生在大年初一。這就奇了。不想後来又生了一位公子。說来更奇。一落胎胞。嘴裏便銜一塊五彩晶瑩的玉来。上面還有許多字跡。就取名叫作寶玉。你道這是新奇異事不是。雨村笑道。果然奇異。只怕這人来歷不小。子興冷笑道。萬人皆如此說。因而乃祖母便先爱

九

如珍寶。那年週歲時。政老爺便要試他。将来的志向。便将那世上所有之物。擺了無数與他抓取。誰知他一槩不取。伸手只把些脂粉釵環抓来。政老爺便大怒了。說将来酒色之徒耳。因此便大不喜悦。獨那史老太君還是命根一樣。說来又奇。如今長了七八歲。雖然淘氣異常。但其聰明乖覺處。百个不及他一个。說起孩子話来。也奇怪。他說女兒是水作的骨肉。男人是泥作的骨肉。我見了女兒。我便清爽。見了男子。便覺濁臭逼人。你可好笑不好笑。将来色鬼無疑了。雨村罕然作色。忙止道。非也。可惜你們不知道這人来歷。大約政老先前輩。也錯以淫魔色鬼看待了。若非多讀書識事。加以致知格物之功。悟道絫元之力者。不能知也。子興見他說這樣重大。忙請教其端。雨村道天地生人。除大仁大惡兩種。餘者皆無大異。若大仁者則應運而生。大惡者則應劫而生。運生世治。劫生世危。堯舜湯禹文武周召孔孟董韓周程張朱。皆應運而生者。蚩尤共工桀紂始皇王莽曹操桓溫安祿山秦檜等。皆應劫而生者。大仁者修治天下。大惡者擾亂天下。清明靈秀。天地之正氣。仁者之所秉也。今當運隆祚永之朝。太平無為之世。清明靈秀之氣所秉者。上至朝廷。下至草野。比比皆是。所餘之秀氣。漫無所歸。遂為甘露。為和風和氣。溉及四海。彼殘忍乖僻之邪氣。不能蕩溢于光天化日之下。終歲凝結充塞于深溝大壑之内。偶因風蕩。或被雲摧。畧有摇動感發之意。一絲半縷。誤而洩出者。偶值靈秀之氣適過。正不容邪。邪復妬正。兩不相下。亦如風水雷電。地中既遇。既不能消。又不能讓。必致搏擊掀發後始盡。故其氣亦必賦人。發洩一盡始散。使男女偶秉此氣而生者。上則不能成仁人君子。下亦

不能為大凶大惡。置之於萬萬人之中。其聰俊靈秀之氣。則在
萬萬人之上。其乖僻邪謬不近人情之態。又在萬萬人之下。若
生於公侯富貴之家。則為情痴情種。若生于詩書清貧之族。則
為逸士高人。縱再偶生于薄祚寒門。斷不能為走卒健僕。甘遭
庸人驅制駕馭。必為奇優名娼。如前代之許由陶潛阮籍嵇康
劉伶王謝之族。頋顯陳後主唐明皇宋徽宗劉庭芝溫飛卿米
南宮石曼卿柳耆卿秦少游。近日之倪雲林唐伯虎祝枝山。再
如李龜年黃旛綽敬新磨卓文君紅拂薛濤崔鶯朝雲之流。此

十

皆易地則同之人也。子興道依你說。成則王侯。敗則賊了。雨村
道正是這意。你還不知我自革職一来。這兩年遍游名省。也曾
遇見兩個異樣孩子。所以方才你一說這寶玉。我就猜着了八
九。亦是這一派人物。不用遠只金陵城內。欽差金陵省體仁院
揔裁甄家。你可知麽。子興道誰人不知。這甄府和賈府就是老
親。又係世交。兩家来往。非止一日了。雨村笑道去歲我在金陵。
也曾有人薦我到甄府處館。我進去看其光景。誰知他家那等
顯貴。却是个富而好禮之家。倒是个難得之館。但這一个學生

雖是啟蒙。却比一個舉業的還勞神。說起来更可笑。他說必得
兩個女兒伴着我讀書。我方能認的字。心裏也明。不然我自已
心裏糊塗。又常對跟他的小廝們說。這女兒兩個字。極尊貴極
清淨的。比那阿彌陀佛。元始天尊的這兩个寶號。還更尊榮無
對的呢。你們這濁口臭舌。萬不可唐突了這兩個字要緊。但凡
要說時。必須先用清水香茶漱了口。才可說。若失錯便要鑿牙
穿腮等事。其暴虐浮躁。頑劣憨痴。種種异常。只一放了學進去。
見了那些女兒們。其溫厚和平。聰敏文雅。竟又變了一個因此

他令尊也曾不死笞楚過幾次。無奈竟不能改。每打的喫痛不過時。他便姐姐妹妹亂叫起来。後来聽的裏面女兒們拿他取笑。因何打急了。只管叫姐妹作甚麽。不是去求姐妹去討情饒你。豈不愧些。他回荅的最妙。他說急疼之時。只叫姐姐妹妹字樣。或可解疼也。未可知。因叫了一聲。便果覺不疼了。遂得了秘法。每疼痛之極。便連叫姐妹起来了。你說可笑不可笑。也因祖母溺愛不明。每因孫辱師責子。因此我就辭了館出来。如今在巡鹽御史林家坐館了。你看這等子弟。必不能守父祖之根基。

從師友之規諫的只可惜他家幾個姊妹都是少有的子興道
便是賈府中現有三個亦不錯政老爺的長女名元春現因賢
孝才德選入宮中作女史去了二小姐乃赦老爺前妻所出名
迎春三小姐乃政老爺之庶出名探春四小姐乃寧府珍爺之
胞妹名喚惜春因史老夫人極愛孫女都跟在祖母這邊一處
讀書聽得個個不錯雨村道更妙在甄家的風俗女兒之名皆
從男子之名命字不似別家另外用這些春紅香玉等艷字的
何得賈府亦落此俗套子興道不然只因現今大小姐是正月

圭

初一日所生。故名元春。餘者方從了春字。上一倍（輩）的。却也是從
弟兄而来的。現有對証。目今你貴東家林公之夫人。即榮府中
赦政二公之胞妹。在家時名喚賈敏。不信時你回去細訪可知。
雨村拍案笑道。怪道這女學生讀至凡書中有敏字。他皆念作
密字。每每如是。寫字遇着敏字。又減一二筆。我心中有些疑惑。
今聽你說。是為此無疑矣。怪道我這女學生言語行止。另是一
樣不與近日女子相同。度其母必不凡。方得其女。今知為榮府
之孫輩。又不足罕矣。可傷上月忘故了。子興嘆道。老姊妹四个。

這一個是極小的又沒了長一輩的姊妹一个也沒了只看這
小一輩的將来之東床如何呢雨村道正是方才説這政公已
有銜玉之兒又有長子所遺一个弱孫這赦公竟無一个不成
子興道政公既有玉兒之後其妾後又生了一个倒不知其好
歹只眼前現有二子一孫却不知將来如何若問那赦公也有
二子長名賈璉今已二十来往了親上作親娶的就是政老爺
夫人王氏之内侄女今已娶了二年這位璉爺身上現捐的是
个同知也是不喜讀書於世路好機變言談去的所以如今只

甴

在乃叔政老爺家住着。幫着料理家務。誰知自娶他令夫人之後。上下無一人不稱頌他夫人的。璉爺倒退了一射之地。說模樣又極標致。言談又爽利。心機又極深細。竟是个男人萬不及一的。雨村聽了笑道。可知我前言不謬。你我方才所說的這幾个人。都只怕是那正邪兩賦而来。一路之人。未可知也。子興道邪也罷。正也罷。只顧算別人家的賬。你也喫一杯酒才好。雨村道正是只顧說話。竟多喫了幾杯了。子興笑道。說着別人的閒話。正好下酒。即多喫幾杯何妨。雨村向牕外看道。天也晚了。仔

細閱了城○我們慢慢進城再談○未爲不可○於是二人起身算還

酒賬○方欲走時○又聽得後面有人叫道○雨村兄恭喜了○特來報

个喜信的○雨村忙回頭看時○你道是誰○且聽下回分解○

紅樓夢第三回

托內兄如海酬閨師　接外孫賈母憐孤女

却說雨村忙回頭看時。不是別人。乃當日同僚一案叅革的號張如圭者。他本係此地人。革後家居。今打聽得都中奏准起復舊員之信。便四下裏尋情找門路。忽遇見雨村。故忙道喜。二人見了禮。張如圭便將此信告訴雨村。雨村自是歡喜。忙忙的叙了兩句。遂作別各自回家。冷子興聽得此言。便忙獻計。令雨村央煩林如海轉向都中去央煩賈政。雨村領其意。作別回至館

中。忙尋邸報看真確了。次日面謀之如海。如海道天緣湊巧。因
賤荊去世。都中家岳母念及小女無人依傍教育。前已遣了男
女船隻來接。因小女未曾大痊。故未及行。此刻正思向蒙訓教
之恩。未經酬報。遇此機會。豈有不盡心圖報之理。但請放心。弟
已預為籌畫至此。已修下薦書一封。即有所費用之例。弟于內
家信中已註明白。亦不勞尊兄多慮矣。雨村一面打恭。謝不釋
口。一面又問不知令親大人現居何職。只怕晚生草率。不敢驟
然入都干瀆。如海笑道若論舍親。與尊兄猶係同譜。乃榮公之

孫。大內兄現襲一等将軍之職。名赦。字恩侯。二內兄名政。字存
周。現任工部員外郎。其為人謙恭厚道。大有祖父遺風。非膏粱
輕薄仕宦之流。故弟方致書煩託。否則不但有汙尊兄之清操。
即弟亦不屑為矣。雨村聽了。心下方信了昨日子興之言。于是
又謝了林如海。如海乃說已擇了出月初二日小女入都。尊兄
即同路而往。豈不兩便。雨村一一領了。那女學生黛玉。身體又
愈。原不忍棄父而往。無奈他外祖母致意務去。且兼如海說汝
父年将半百。無續室之意。且汝多病。年又極小。上無親母教養。

二

下無姊妹兄弟扶持。今依傍外祖母及舅氏姊妹去。正好減顧盻之憂。何反云不往。黛玉聽了。方灑淚拜別。隨了奶娘。及榮府中幾個老婦人。登舟而去。雨村另有一支船。帶兩個小童。依附黛玉而行。有日到了都中。進入神京。雨村先整衣冠。帶了小童。拿着宗侄的名帖。至榮府的門前投了。彼時賈政已看了妹丈之書。即忙請入相會。見雨村相貌魁偉。言談不俗。且這賈政最喜讀書人。禮賢下士。拯溺濟危。大有祖風。況又係妹丈致意。因此優待雨村。更又不同。便竭力內中協助。題奏之日。輕輕謀了一個復職。候缺不上兩個月。金陵應天府缺出。便謀補了此缺。拜辭了賈政。擇日到任去了。不在話下。且說黛玉自那日棄舟登岸時。便有榮國府打發了轎子。並行李的車輛久候了。這林黛玉常聽母親說過。他外祖母家與別家不同。他向日所見的這幾个三等的僕婦。喫穿用度。已是不凡了。何況今至其家。因此步步留心。時時在意。不肯輕意多說一句話。多行一步路。生恐被人恥笑了他去。自上了轎進入城中。從紗窻外瞧了一瞧。其街市之繁華。人烟之阜盛。自與別處不同。又行半日。忽見街

三

北蹲着兩個石獅子。三間獸頭大門。門前列坐着十来个華冠
麗服之人。正門却不開。只有東西兩角門有人出入。正門之上
有一匾。匾上大書着勅造寧國府五个大字。黛玉想道這是外
祖之長房了。想着。又往西行不多遠。照樣也是三間大門。方是
榮國府了。却不進正門。只進了西邊角門。那轎夫擡進去。走了
一射之地。將轉彎時。便歇下退出去了。後面的婆子們已都下
了車。趕上前来。另換了四五個衣帽週全。十七八歲的小厮。上
来復擡起轎子。衆婆子上来打起轎簾。扶黛玉下轎。林黛玉扶

着婆子的手。進了垂花門。兩邊是超手遊廊。當中當地放着一
個紫檀架子。大理石的大插屏。小小三間廳。廳後就是後面的
正房大院。正面五間上房。皆是雕梁畫棟。兩邊穿山遊廊。廂房
掛着個鸚鵡畫眉等鳥雀。臺基之上。坐着幾個穿紅着綠的丫
頭。一見他們來了。便忙都笑迎上來。說纔剛老太太還念呢。可
巧就来了。於是三四人争着打起簾櫳。一面聽得人回說林姑
娘到了。黛玉方進入房時。只見兩個人攙着一位鬢髮如銀的
老母迎上来。黛玉便知是他外祖母。方欲拜見時。早被他外祖

母一把摟入懷中。心肝兒肉叫着。大哭起来。當下地下侍立之人。無不掩面涕泣。黛玉也哭的不住。一時衆人慢慢解勸住了。黛玉方拜見了外祖母。此即冷子興所云之史氏太君。賈赦賈政之母也。當下賈母一一指與黛玉。這是你大舅母。這是你二舅母。這是你先珠大哥的媳婦珠大嫂。黛玉一一拜見過。賈母又說請姑娘們来。今日遠客纔来。不必上學去了。衆人荅應了一聲。便去了兩個人。不多時只見三個奶媽媽。並五六个丫嬛。簇擁着三个姊妹来了。第一个肌膚微豐。合中身材。腮凝新荔。

鼻膩鵝脂○溫柔沈默○觀之可親○第二个削肩細腰○長挑身材○鴨
蛋臉面○俊眼修眉○顧盼神飛○文彩精華○見之忘俗○第三個身量
未足○形容尚小○其釵環裙襖○三人皆是一樣的裝飾○黛玉忙起
身迎上来見禮○互相廝認過○大家歸了坐○丫嬛們斟上茶来○不
過說些黛玉之母如何得病○如何請醫服藥○如何送死發喪○不
免賈母又傷感起来○因說我這些兒女○所疼者獨有你母○今日
一旦先捨我而去○連面不能一見○今見了你○我怎不傷心○說着
摟了黛玉在懷○嗚咽起来○衆人忙都寬慰解釋○方畧略止住○衆

五

人見黛玉年貌雖小。其舉止言談不俗。身體面貌雖怯弱不勝。却有一段自然風流態度。便知他有不足之症。因問常服何葯。如何不急為療治。黛玉道我自来是如此。從會喫飲時便喫葯。到今未斷。請了多少名醫。修方配藥。皆不見效。那一年我纔三歲時聽得說来了一个瀨頭和尚。說要化我去出家。我父母固是不從。他又說既捨不得他。只怕他的一生也不能好的。若要好時。除非從此後揔不許見哭聲。除父母之外。凡有外姓親友之人。一槩不見。方可平安了此一世。瘋瘋癲癲。說了這些不經

之談。也沒人理他。如今還是喫人參養榮丸。賈母道這正好。我
這裏正配丸藥。呌他們多配一料就是了。一語未了。只聽後院
中有人笑聲。說我来遲了。不曾迎接遠客。黛玉吶罕道。這些人
箇个皆歛聲屏氣。恭肅嚴整。如此。這来者係誰。這樣放誕無禮。
心下想時。只見一群媳婦丫嬛。圍擁着一个人。從後房進了。這
個人打扮與衆姑娘不同。綵繡輝煌。恍若神仙妃子。頭上戴着
金絲八寶攢珠髻。綰着朝陽五鳳挂珠釵。頸上帶着赤金盤螭
瓔珞圈。裠邊繫着豆緑宫縧。雙衡比目玫瑰珮。上穿着鏤金百

六

蝶穿花大紅洋緞窄褃襖。外罩五彩刻絲石青銀鼠褂。下着翡翠撒花縐裙。一雙丹鳳三角眼。兩彎柳葉掉梢眉。身量苗條。體態風騷。粉面含春藏不露。丹唇未啟笑先聞。黛玉連忙起身接見。賈母笑道你不認得他。他是我這裏有名潑皮破落戶兒。南省俗謂作辣子。你只叫他鳳辣子就是了。黛玉正不知以何稱呼。只見衆姊妹都忙告訴他道。這是璉二嫂子。黛玉雖不知曾聽見母親說過大舅賈赦之子賈璉。娶的就是二舅母王氏之内侄女。自幼假充男兒教養的。學名王熙鳳。黛玉忙陪笑見禮。

以嫂呼之。這熙鳳携着黛玉的手。上下細細打諒了一回。仍送至賈母身邊坐下。因笑道天下真有這樣標致人物。我今兒纔算見了。況且這通身的氣派。竟不像老祖宗外孫女兒。竟是个嫡親的孫女。怨不得老祖宗天天口頭心頭。一時不忘。只可憐我這妹妹這樣命苦。怎麽姑媽偏就去世了。說着便用帕拭淚。賈母笑道我纔好了。你倒来招我。你妹妹遠路纔来。身子又弱。也纔勸住了。快休題這些前話。鳳姐聽了。忙轉悲為喜道。正是呢。我一見了妹妹。一心都在他身上了。又是喜歡。又一傷心。竟

七

忘記了老祖宗。該打。又忙携黛玉之手。問妹妹幾歲了。可上過
學。現喫什麽藥。在這裏不要想家。想要什麽喫的什麽頑的。只
管告訴我。丫頭老婆們不好了。也只管告訴我。一面又問婆子
們。林姑娘的行李東西。可搬進来了。帶了幾個人来。你們早些
打掃兩間乾淨房屋。讓他們歇息歇息。說話時已搬了茶菓上
来。熙鳳親為捧茶捧菓。又見二舅母問他月錢放完了不曾。熙
鳳道月錢也放完了。纔剛帶着人到後樓上找緞子。找了這半
日。也並没有見。昨日太太說的那樣的。想是太太記錯了。王夫

人道說有沒有。甚麼要緊。因又說道該隨手拿出兩個來。給你
這妹妹去裁衣裳。等晚上想着。叫人再去拿罷。可不要忘了。熙
鳳道這倒是我先料着了。知道妹妹不過這兩日到來。已預備
下了。等太太回去過了目。好送來。王夫人笑了一笑。點頭不語。
當下茶菓已徹。賈母命兩个老媽媽帶了黛玉。見兩個母舅。此
時賈赦之妻邢氏。忙亦起身笑回道。我帶了外甥女過去。到也
便宜。賈母笑道正是呢。你也去罷。不必過來了。邢夫人答應了
一个是字。遂帶了黛玉。與王夫人作辭。大家送至穿堂前。出了

垂花門。蚤有衆小廝們。拉過一輛翠幄青油車來。邢夫人携了
黛玉坐上。衆婆娘們放下車簾。方命小廝們擡起。拉至寬處。方
駕上騾。亦出了西角門。往東。過榮府正門。便入一黑油大門中
係榮府之東角門。行至儀門前。方下來。衆小廝退出。方打起車
簾。邢夫人挽上黛玉的手。進入院中。黛玉度其房屋院宇。必是
榮府中之花園隔過來的。進入三層儀門。果見正房廂廡遊廊。
悉皆小巧別致。不似方才那邊軒峻壯麗。且院中隨處之樹木
山石皆幽。一時進入正室。早有許多盛粧麗服之姬妾丫嬛迎

着邢夫人讓黛玉坐了一面命人到外面書房中請賈赦一時
人來回說老爺說了連日身上不好見了姑娘彼此倒傷心暫
且不忍相見勸姑娘不要傷心想家跟着老太太和舅母是同
家裏一樣姊妹們雖拙大家一處伴着亦可以解些煩悶或有
委曲之處只管說得不要外道才是黛玉忙站起來一一聽了
再坐一刻便告辭邢夫人苦留喫過晚飯去黛玉笑回道舅母
愛惜賜飯原不應辭只是還要過去拜見二舅舅恐領賜去不
恭異日再領未為不可望舅母容量邢夫人聽說笑道這倒是

九

了。遂令兩三个媽媽。用方纔的車。好好送了過去。于是黛玉告
辭。邢夫人送至儀門前。又囑咐了衆人幾句。眼看着車去了方
回來。一時黛玉進了榮府。下了車。衆媽媽引着便往東轉灣。穿
過一个東西的穿堂。向南大廳之後。儀門内大院落。上面五間
大正房。兩邊廂房鹿頂耳房鑽山四通八達。軒昂壯麗。比賈母
處不同。黛玉便知這方是正經正内室。一條大甬路。直接出大
門的。進入堂屋中。擡頭迎面先看一个赤金九龍青地匾。匾上
寫着斗大的三个大字。是榮禧堂。旁有一行小字。某年月日書

賜榮國公賈源。又有萬幾宸翰之寶。大紫檀雕螭案上。設着三尺来高青緑古銅鼎。懸着待漏隨朝墨龍大畫。一邊是金蜼彝。一邊是玻璃盒。地下兩溜十六張楠木交椅。又有一副對聯。乃烏木聯匾鑲鏨銀的字跡。道是座上珠璣昭日月。堂前黼黻煥烟霞。下面一行小字。道是同鄉世教弟勳襲東安郡王穆蒔拜手書。原来王夫人時常居坐宴息。亦不在這正室。只在這正室東邊的三間耳房内。于是老嬤嬤引黛玉進東房門来。臨窻大炕。猩紅洋罽。正面設着大紅金錢蟒靠背。石青金錢蟒臥枕。秋

香色金錢蟒大條褥○兩邊設一對梅花式洋漆小几○左邊几上
文王鼎○匙箸香盒○右邊几上汝窯美人觚○內插着時鮮花草○並
茗椀唾壺等物○地下面西一溜四張椅○上都搭着銀紅撒花椅
搭○底下四副脚踏○椅之兩邊○也有一對高几○几上茗椀瓶花俱
全○其餘陳設自不必細說○老嬤嬤們讓黛玉炕上坐○炕沿上却
也是兩个錦褥對設○黛玉度其位次○便不上炕○只向東邊椅上
坐了○本房內的丫嬛們忙捧上茶来○黛玉一面喫茶○一面打量
這些丫嬛們粧飾衣裙○舉止行動○果亦與別家不同○茶未喫了○

只見一个穿紅綾襖。青緞掐牙背心的丫嬛。走来笑說道。太太說
請林姑娘到那邊坐罷。老媽媽聽了。于是又引黛玉出来。到了
西邊院内。有三間小正房。内正面炕上橫設一張炕桌。桌上磊
着書籍茶具。靠東壁面西設着半舊的青緞靠背卧枕。王夫人
却坐在西邊下首。亦是半舊的青緞靠背坐褥。見黛玉来了。便
往東讓。黛玉心中料定這是賈政之位。因見挨炕一溜三張椅
子上。也打着半舊的彈墨椅袱。黛玉便向椅上坐了。王夫人再
四携他上炕。他方挨王夫人坐了。王夫人因說你舅舅今日齋

戒去了。再見罷。只是有一句話囑咐你。你三个姊妹到都極好。
以後一處念書認字學針線。或是偶一頑笑。都有儘讓的。但我
不放心的是一件。我有一个孽根禍胎。是這家裡的混世魔王。
今日因廟裡還愿去了。尚未回来。晚間你看。便知道了。你只以
後不要睬他。他這些姊妹都不敢沾惹他的。黛玉亦常聽見母
親說過。二舅母生的有个表兄。乃銜玉而誕。頑劣異常。極悪讀
書。最喜在内幃廝混。外祖母又極溺愛。無人敢管。今見王夫人
如此說。便知說的是這表兄了。因陪笑道。舅母說的可是銜玉

而生的這位哥哥。在家時亦曾聽見母親常說這位哥哥比我大一歲。小名就喚寶玉。雖憨頑。說在姊妹情中極好的。況我來了。自然只和姊妹同處。兄弟們自是別院另室的。豈得去沾惹之理。王夫人笑道。你不知道原故。他與別人不同。自幼因老太太疼愛。原係同姊妹們一處嬌養慣了的。若姊妹們有日不理他。他倒還安靜些。縱然他沒趣。不過出了二門。背地裏拿着他兩三个小么子出氣。咕唧一會子就完了。若這一日姊妹們和他多說。一句話。他心裏一樂。便生出多少事來。所以囑咐你別睬他。他嘴裏一時甜言蜜語。一時有天無日。一時又瘋瘋傻傻。
只休信他。黛玉一一的都答應着。只見一个丫嬛來回老太太
那裏傳晚飯了。王夫人忙攜黛玉。從後房門由後廊往西。出了
角門。是一條南北夾道。南邊是倒座。三間小小抱廈廳。北邊立
着一个粉油大影壁。後有一半大門。小小一所房室。王夫人笑
指向黛玉道。這是你鳳姐姐的屋子。回來你好望這裏找他來。
少什麽東西。你只管和他說就是了。這院門上也有四五个總
角的小廝。都垂手侍立。王夫人遂攜黛玉穿過一个東西穿

堂。便是賈母的後院了。於是進入後房門。已有多人在此伺候。見王夫人来了。方要設桌椅。賈珠之妻李氏捧飯。熙鳳安箸。王夫人進羹。賈母正面榻上獨坐。兩旁四張空椅。熙鳳忙拉了黛玉在左邊一張椅上坐了。黛玉十分推讓。賈母笑道。你舅母和你嫂子們不在這裡喫飯。你是客。原應如此坐的。黛玉方告了坐。坐了。賈母命王夫人坐了。迎春姊妹三个告了坐。方上來。迎春便坐右手第一。探春左第二。惜春右第二。旁邊丫嬛執着拂塵漱盂巾帕。李鳳二人立于案旁佈讓。外間伺候之媳婦丫嬛

雖多○却連一聲咳嗽不聞○寂然飯畢○各有丫嬛用小茶盤捧上
茶来○當日林如海教女以惜福養身○飯後務待飯粒咽盡○過一
時再喫茶○方不傷脾胃○今黛玉見了這裡許多事○不合家中之
式○不得不隨的○少不得一一改過来○因就接了茶○早見人又捧
過漱盂来○黛玉也照樣漱了口○然後盥手畢○又捧上茶来○這方
是喫的茶○賈母便說你們去罷○讓我們自在說話兒○王夫人聽
了忙起身○又說了兩句閒話○方引李鳳二人去了○賈母因問黛
玉念何書○黛玉道只剛念了四書○黛玉又問姊妹們讀何書○賈

母道讀了是什麽書。不過是認兩个字。不是睁眼的瞎子罷了。
話未說了。只聽外面一陣脚步響。丫嬛進来笑道寶玉来了。黛
玉心中正疑惑着這个寶玉。不知是怎生一个憊懶人物。懵懂
頑童。倒不見那蠢物也罷了。心中正想着。忽見丫嬛話未報完。
已進来了一个輕年公子。頭上戴着束髮嵌寶紫金冠。齊眉勒
着二龍搶珠金抹額。穿一件二色金百蝶穿花大紅箭袖袍。束
着五彩絲攢花結長穗宫縧。外罩石青起花八團倭緞排穗褂。
登着青緞粉底小朝靴。面若中秋之月。色如春時之花。鬢若刀

十四

裁。眉如墨畫。眼若桃瓣。睛若秋波。雖怒時而若笑。即瞋視而有
情。頸上金螭瓔珞。又有一根五色絲縧。繫着一塊美玉。黛玉一
見便喫一大驚。心下想道好生奇怪。倒像在那裏見過一般。何
等眼熟到如此。只見這寶玉向賈母請了安。賈母便命去見你
娘来。寶玉即轉身去了。一時回来。再看已換了冠帶。頭上週圍
一轉身短髮。都結成了小瓣。紅絲結束。共攢至頂中胎髮。總編
一根大瓣。黑亮如漆。從頂至梢。一串四顆大珠。用金八寶墜角。
身上穿着銀紅撒花半舊大襖。仍舊帶着項圈。寶玉寄名鎖。護

身符等物。下面半露松花撒花綾褲腿。錦邊彈墨襪。厚底大紅
鞋。越顯得面如團粉。唇若施脂。轉盼多情。語言帶笑。天然一段
風騷。全在眉梢。平生萬種情思。悉堆眼角。其外貌最是極好。却
難知其底細。後人有西江月二詞。批着寶玉極確。其詞曰。
無故尋愁覔恨。有時似傻如狂。縱然生的好皮囊。腹內原来
草莽。 潦倒不通世務。愚頑怕讀文章。行為偏僻性乖張。那
管世人誹謗。
富貴不知樂業。貧窮難耐凄凉。可憐辜負好韶光。于國于家

圭

無望。天下無能第一。古今不肖無雙。寄言紈袴與膏粱。莫
笑肖此兒形狀。

賈母因笑道。外客未見。就脫了衣裳。還去見你妹妹。寶玉已看見了。心中亦就料定是林姑母之女。怔来作揖。厮見畢歸坐。細看形容。與衆各別。眉灣似蹙而非蹙。目彩欲動而仍留。態生兩靨之愁。嬌襲一身之病。淚光點點。嬌喘微微。閑靜時如姣花照水。行動時似弱柳扶風。心較比干多一竅。病如西子勝三分。寶玉看罷。因笑道。這个妹妹。我曾見過的。賈母笑道。可又是胡說。

你又何曾見過他。寶玉笑道雖然未曾見過他。然我看看面善。心裏就算是舊相識。今日只作遠別重逢。亦未為不可。賈母笑道。更好更好。若如此更相和睦了。寶玉便走近黛玉身邊坐下。又細細打諒一番。因問妹妹可曾讀書。黛玉道不曾讀。只上了一年學。些須認得幾个字。寶玉又道妹妹尊名是那兩个字。黛玉便說了名。寶玉又問表字。黛玉道無字。寶玉笑道我送妹妹一个字。莫若顰顰二字極妙。探春便問何出。寶玉道古今人物通考上說。西方有石名黛。可代畫眉之墨。況這林妹妹眉尖若戲。用取這兩個字。豈不兩妙。探春笑道只恐又是你的杜撰。寶玉笑道除四書外。杜撰的太多。偏只我杜撰不成。又問黛玉可也有玉沒有。衆人不解其語。黛玉便忖度着因他有玉。故問我有也無。因荅道我沒有那个。想来那玉亦是一件罕物。豈能人人有的。寶玉聽了。登時發作起痴狂病来。摘下那玉。就恨命摔去。罵道什麽罕物。連人之高低不擇。還說通靈不通靈呢。我也不要這勞什子了。嚇得衆人一擁争去拾玉。賈母急摟了寶玉道。孽障。你生氣要打罵人容易。何苦摔那命根子。寶玉滿面淚痕道。家裏姐姐妹妹都沒有。單我有。我說沒趣。如今來了這一个神仙似的妹妹。也沒有。可知這是个甚麽好東西。賈母忙哄他道。你這妹妹原有這個來的。因你姑媽去世時。捨不得你妹妹。無法可處。遂將他的玉帶了去了。一則全殉葬之禮。盡你妹妹之孝心。二則你姑媽之靈。亦可權作見了女兒之意。因此他只說沒有這个。不便自己誇張之意。你如今怎比得他。還不好生慎重帶上。仔細你娘知道了。說着便向丫嬛手中接來。親與他帶上。寶玉聽如此說。想一想有情理。也就不生別論了。當下奶娘来請問黛玉之房舍。賈母便說今將寶玉挪出来。同我在套間煖閣兒裡。把你林姑娘暫安置碧紗橱裏。等過了殘冬。春天再與他們收拾房屋。另作一番安置罷。寶玉道老祖宗。我就在碧紗橱外的床上狠妥當。何必又出来鬧的老祖宗不得安靜。賈母想了一想。說罷了。每人一个奶娘。並一个丫頭照管。餘者在外間上面聽喚。一面早有熙鳳命送了頂藕合色花帳。并幾件錦被緞褥之類。黛玉只帶了兩个人来。一个是自幼奶娘王嬷嬷。一个是十歲小丫頭。亦是自幼隨身的。名喚雪雁。賈母見雪雁甚小。一團孩氣。王嬷又極老。料黛玉皆不遂心省力的。
便将自己身邊一个二等丫頭。名喚鸚哥者。與了黛玉。外亦迎
春等例。每人除自幼乳母外。另有四个教嬷嬷。除貼身掌管釵
環盥沐兩个丫嬛外。另有五六个洒掃房(屋)来往使役的小丫頭。
當下王嬷嬷與鸚哥陪侍黛玉在碧紗橱內。寶玉之乳母李嬷
嬷。并大丫嬛名喚襲人者。陪侍在外大床上。原来這襲人亦是
賈母之婢。本名珍珠。賈母因溺愛寶玉。深恐寶玉之婢無竭力
盡忠之人。素喜襲人心地純良。克盡職任。遂與了寶玉。寶玉因

六

知他本姓花。又曾見舊人詩句上。有花氣襲人之語。遂回明賈
母。即更名襲人。這襲人亦有些痴處。伏侍賈母。心中眼中只有
一个賈母。今與了寶玉。心中眼中又只有一个寶玉。只因寶玉
性情乖僻。每每規諫。寶玉不聽。心中着寔憂鬱。是晚寶玉李媽
已睡了。他見裡面黛玉和鸚哥猶未安歇。他自卸了妝。悄悄進
來。笑問姑娘怎還不安歇。黛玉忙讓姐姐請坐。襲人在床沿上
坐了。鸚哥笑道林姑娘正在這裏傷心。自己淌眼抹泪的說今
兒才來了。就惹出你家哥兒的狂病。倘或摔壞那玉。豈不是我因

之過。因此便傷心。我好容易勸好了。襲人道姑娘快休如此。將来只怕比這更奇怪的笑話還有呢。若為他這種行止。你多心傷感。只怕你傷感不了呢。快別多心。黛玉道姐姐們說的。我記着就是了。究竟那个玉不知是什麼来歷。上頭還有字跡。襲人道連一家子也不知道来歷。聽得說落草從他口裏掏出。上面有現成的穿眼。讓我拿来你看便知。黛玉忙止道罷了。此刻夜深。明日再看不遲。大家又叙了一回。方纔安歇。次日起来。省過賈母。因往王夫人處来。正值王夫人與熙鳳在一處拆金陵的書信看○又有王夫人之兄嫂處○遣了兩个媳婦来說話的○代玉雖不知原委○探春等却都曉得是議論金陵城中所居的薛家姨母之子姨長兄薛璠○倚財仗勢○打死人命○現在應天府案下審理○如今母舅王子騰得了信息○故遣人来告訴這邊○意欲喚取進京之意○且聽下回分解○

紅樓夢第四回

薄命女偏逢薄命郎　葫蘆僧亂判葫蘆案

却說黛玉同姊妹至王夫人處。見王夫人與兄嫂處的來使計議家務。又說姨母家遭人命官司等語。因見王夫人事情冗雜。姊妹們遂送出來。至寡嫂李氏房中來了。原來這李氏即賈珠之妻。珠雖夭亡。幸存一子。取名賈蘭。今方五歲。已入學攻書。這李氏亦係金陵名宦之女。父名李守中。曾為國子監祭酒。族中男女無有不誦詩讀書者。至李守中承繼以來。便說女子無才便有德○故生子了李氏時○便不十分令其讀書○只不過將些女四書○列女傳○賢媛集○三四種書○使他認得幾個字○記得前朝這幾個賢女便罷了○却只以紡績井臼為要○因起名李紈○字宮裁○因此這李紈雖青春喪偶○居家處于膏粱錦繡之中○竟如槁木死灰一般○一槩無見無聞○惟知侍親養子○外則陪侍小姑等鍼黹誦詩而已○今黛玉雖客寄於斯○日有這般姑嫂相伴○除老父餘外者○也都無庸慮及了○如今且說雨村已補授了應天府○一下馬就有一件人命官司○詳至案下○乃是兩家爭買一婢○各不相

已上下疑落一

讓。以致毆傷人命。彼時雨村即提原告之人来審。那原告道彼
毆死者乃小人之主人。因那日買了一个丫頭。不想係拐子所
拐来賣的。這拐人先已得了我家的銀子。我家少爺原說第三
日方是好日子。再接入門。這拐子便又悄悄的賣與薛家。被我
們知道了。去找拿賣主。奪取丫頭。無奈薛家原係金陵一霸。倚
財仗勢。衆豪奴將我小主人竟打死了。凶身主僕已皆逃走。無
影無踪。只剩下幾個局外之人。小人告了一年的狀。竟無人作
主。望大老爺拘拿凶犯。翦惡除凶。以救孤寡。死者感戴天恩不

二

盡。雨村聽了大怒道。豈有這樣放屁的事。打死人命就白白走了。再拿不来的。因發簽差公人立刻將凶犯族中人拿来拷問。令他們寔供藏在何處。一面再動海捕文書。未發簽時。只見案邊立的一个門子。使眼色兒。不令他發簽之意。雨村心下甚為疑怪。只得停了手。即時退堂至密室。使從皆退去。只留門子伏侍。這門子忙上来請安。笑問老爺一向加官進祿。八九年了。就忘了我了。雨村道。却十分面善得緊。只是一時想不起来。那門子笑道。老爺真是貴人多忘事。把出身之地竟忘了。不記當年

葫蘆廟裡之事雨村聽了如雷振一驚方想起往事原来這門
子本是葫蘆廟内一个小沙彌因被火之後無處安身欲投别
廟去修行又耐不得清凉景况因想這件生意倒還輕省熱鬧
遂趁年紀蓄了髮充了門子雨村那裏料得是也便忙忙携手
笑道原来是故人必讓坐了好談他道門子不敢坐雨村笑道貧
賤之交不可忘你我故人也二則此係私室既欲長談豈有不
坐之理這門子聽說方告了坐斜簽坐了雨村因問方才何故
不令發簽之故這門子道老爺既榮任到這一省難道就没抄

三

一張本省護官符来不成。雨村忙問何為護官符。我竟不知。門
子道這還了得。連這个不知。怎能作得常遠。如今凡作地方官
者。皆有一个私單。上面寫的是本省最有權有勢極富極貴的
大鄉紳姓名。各省皆然。倘若不知。一時觸犯這樣的人家。不但
官爵。只怕連性命還保不成呢。所以綽號叫作護官符。方纔所
說的這薛家。老爺如何惹得他。他這件官司。並無難斷之處。皆
因都碍着情分臉面。所以如此。一面說。一面從順袋中取出一
張抄寫的護官符来。遞與雨村看時。上面皆是本地大族名宦

之家的諺俗口碑。其口碑排寫得明白。下面皆註着始祖官爵。並房次石頭亦曾抄寫一張。今據石上所抄云。

賈不假。 白玉為堂金作馬。 阿房宮。 三百里。 住不下金陵一個史。 東海缺少白玉床。 龍王來請金陵王。 豐年好大雪。 珍珠如土金如鐵。

雨村猶未看完。忽聽傳點人報王老爺來拜。雨村聽說。忙具衣冠出去迎接。有頓飯工夫方回來細問這門子。這四家皆聯絡有親。一損皆損。一榮皆榮。扶持遮飾。皆有照應的。今告打死人

四

之薛。就係豐年大雪之薛。也不單靠這三家。他的世交親友。在
都在外者。本亦不少。老爺如今拿誰去。雨村聽如此說。便笑問
門子道。如你這樣說來。却怎麼了結此案。你大約也深知這凶
犯躲的方向了。門子笑道不瞞老爺說。不但這凶犯躲的方向
我知道。一併這拐賣之人。我也知道。死鬼買主也深知道。待我
細說與老爺聽。這个被打之死鬼。乃是本地一个小鄉紳之子。
名喚馮淵。自幼父母早亡。又無兄弟。只他一個人。守着些薄産
過日。到十八九歲上。酷愛男風。最厭女人。這也是生前冤孽。可

巧遇見這拐子賣丫頭。他便一眼看上了這丫頭。立意買來作
妾。立誓再不交接男子。也不再娶第二個了。所以三日後方過
門。誰曉這拐子又偷賣與了薛家。他意欲捲了兩家的銀子再
逃往他省。誰知又不曾走脫。兩家拿住。打了个臭死。都不肯收
銀。只要領人。那薛家公子豈是讓人的。便喝着手下人一打。將
馮公子打了個稀爛。擡回家去三日死了。這薛公子原是早已
擇定日子上京去的。頭起身兩日前。就偶然遇見這丫頭。意欲
買了就進京的。誰知鬧出這事來。既打了馮公子。奪了丫頭。他

便沒事人一般○只管帶了家眷○走他的路○他這裡自有兄弟奴僕在此料理○也並不為此些須小事○值得他一逃走的○這且別說○老爺你當被賣之丫頭是誰○雨村道我如何得知○門子冷笑道○這人算來還是老爺的大恩人呢○他就是葫蘆廟旁住的甄老爺的小姐名英蓮的○雨村罕然道原來就是他○聞的養至五歲○被人拐去○卻如今才來賣呢○門子道這一種拐子○單管偷拐五六歲兒女○養在一个僻靜之處○到十一二歲時○度其容貌○帶至他鄉轉賣○當日這英蓮○我們天天哄他頑耍○雖隔了七八年○

如今十二三歲的光景。其模樣雖然出脫齊整好些。然大概相貌自是不改。熟人易認。況且眉心中原有米粒大小的一點胭脂痣。從胎裡帶来。所以我却認得。偏生這拐子又租了我的房舍居住。那日拐子不在家。我也曾問他。他是被拐子打怕了的。萬不敢說。只說拐子係他親爹。因無錢償債。故賣他。我又哄了再四。他又哭了。只說我不記的小時之事。這可無疑了。那日馮公子相看了。兌了銀子。拐子醉了。他自嘆道。我今日罪孽可滿了。後又聽見馮公子三日後纔令過門。他又轉有憂愁之態。我又不忍其形。等拐子出去。又命內裏去解釋他。這馮公子必待好日期來接。可知必不以丫嬛相看。況他是個絕風流人品。家裏頗過的。素習最又厭惡堂客。今竟破價買你。後事不言可知。只耐得三兩日。何必憂悶。他聽如此說。方才畧解憂悶。自為從此得所。誰料天下竟有這等不如意事。第二日他便又賣與薛家。若賣與第二個人還好。這薛公子的混名。人稱獃霸王。最是天下第一個弄性尚氣的人。而且使錢如土。遂打了個落花流水。生拖死拽。把個英蓮拖去。如今也不知死活。這馮公子空喜一場。一念未遂。反花了錢。送了命。豈不可嘆。雨村聽了亦嘆道。
這也是他們的孽障。遭遇亦非偶然。不然這馮淵如何偏只看
准了他。這英蓮受了拐子這幾年折磨。纔得了個頭路。且又是個
多情的。若能聚合了。倒是件美事。偏又生出這段事來。這薛家
縱比馮淵富貴。想其為人。自然姬妾眾多。淫佚無度。未必及馮
淵定情于一人者。這正是夢幻情緣。恰遇一對薄命兒女。且不
要議論他人。只目今這官司如何剖斷纔好。門子笑道。老爺當
年何其明決。今日何反成個沒主意的人了。小的聞得老爺補

陞此任。亦係賈府王府之力。此薛蟠即賈府之親。老爺何不順水行舟。做個整人情。將此案了結。日後也好去見賈府王府的。雨村道你說的何嘗不是。但事關人命。蒙皇上降恩起復委用。實是重生再造。正當殫心竭力圖報之時。豈可因私而廢法。是我寔不忍爲者。門子聽了冷笑道。老爺說的何嘗不是大道理。但只是如今世上是行不去的。豈不聞古人有云。大丈夫相時而動。又曰趨吉避凶者爲君子。依老爺這一時不但不能報効朝廷。亦且自身不保。還要三思爲妥。雨村低了半日頭。方說道依你怎麽樣。門子道小人已想了一個極好的主意在此。明日坐堂。只管虛張聲勢。動文書發簽拿人。原凶自然拿不來的。原告固是定要。自然將薛家族中及奴僕人等。拿幾個來拷問。小的在暗中調停人。他們報个暴病身亡。合族中及地上。共遞一張報呈。老爺只說善能扶鸞請仙。堂上設下乩壇。令軍民人等只管來看。乩仙批了死者馮淵。與薛蟠原因冤孽相逢。今狹路既遇。原應了結。薛蟠今已得了無名之病。被馮魂追索已死。其禍皆由拐子某人而起。被拐之人。原係某鄉某姓人氏。按法

處法。餘不畧及等語。小人暗中囑托拐子。令其冥招。衆人見乩

仙批語與拐子相符。餘者自然也都不虛了。薛家有的是錢。老

爺斷一千也可。五百也可。與馮家燒埋之費。那馮家也無甚要

緊的人。不過為的是錢。見有了這個銀子。想也就無話了。老爺

細想此計如何。雨村笑道不妥不妥。等我再斟酌斟酌。或可壓

服口聲。二人計議。天色已晚。別無說話。至次日坐堂。勾取一應

有名人犯。雨村詳加審問。果見馮家人口稀踈。不過賴此欲多

得些燒埋之費。薛家仗勢倚情。偏不相讓。故致顛倒未決。雨村

便徇情罔法。胡亂判斷了此案。馮家得了許多的銀子。也就無
甚說話了。雨村斷了此案。急忙作書信二封與賈政。並京營節
度使王子騰。不過說令甥之事已完。不必過慮等語。此皆由葫
蘆廟内之沙彌新門子所出。雨村又恐他對人話出當日貧賤
時的事來。因此心中大是不樂。後来到底尋了个不是。遠遠的
充發了才罷。當下言不着雨村。且說那買了英蓮。打死馮淵的
那薛公子。亦係金陵人氏。本是書香繼世之家。只是如今這薛
公子幼年喪父。寡母又憐他是个獨根孤種。未免溺愛縱容。世

九

遂致老大無成。且家中有百萬之富。現領着內帑錢糧。採辦雜
料。這薛公子學名薛蟠。表字文起。五歲性情奢侈。言語傲慢。雖
也上過學。略識幾字。惟有鬥雞走馬。遊山玩景而已。雖是皇商。
一應經紀世事。全然不知。不過賴祖宗舊情分。戶部掛虛名支
領錢糧。其餘事體。自有夥計老人家等措辦。寡母王氏。乃現在
京營節度使王子騰之妹。與榮國府賈政王夫人是一母所生
的姊妹。今年方四十上下年紀。只有薛蟠一子。還有一女。比薛
蟠小兩歲。乳名寶釵。生的肌骨瑩潤。舉止嫻雅。當日有他父親

在日酷愛此女。令其讀書識字。較之乃兄竟高過十倍。自父親死後。見哥哥不能依順母懷。他便不以書字為事。只留心針黹家計等事。好為母親分憂解勞。近因今上崇詩尚禮。徵採才能。降不世出之隆恩。除聘選妃嬪外。在世宦名家之女。皆親名達部。以備選為宮主郡主入學陪侍。充為才人贊善之職。二則自薛蟠父親死後。各省中所有的買賣承局揔管夥計人等。見薛蟠不諳世事。便乘時拐騙起來。京都中幾處的生意。漸亦消耗。薛蟠素聞的都中第一繁華之地。正思一遊。趁此機會。一為送妹待選。二為望親。三因親自入部銷算舊賬。再計新支。其實則為遊覽上國風光之意。因此蚤已打點下行裝細軟。以及餽送親友各色土物人情等類。正擇日已定起身。不想偏遇見了拐子重賣英蓮。薛蟠見英蓮生的不俗。立意買他。又遇馮家來奪人。因恃強喝令手下豪奴將馮淵打死。他便將家中事務一一托囑了族中人。並幾個老家人。他便帶了母妹竟自起身長行去了。人命官司一事。他却視為兒戲。自為花上幾个錢。沒有不了的。在路不記其日。那日已將入都時。却又聞的母舅管轄。咱

不能任意揮霍揮霍。偏如今又陞出去了。可知天從人願。因和
母親商議道。喒們京中雖有幾處房舍。只是這十来年沒人進
京居住。那看守的人。未免偷着租賃與人。須得先着幾個人去
打掃收拾纔好。母親道何必如此招搖。喒們這一進京。原是先
拜望親友。或在舅舅家。或是你姨爹家。他兩家的房舍極是便
宜的。喒們先儂着住下。再慢慢的着人去收拾。豈不消停些。薛
蟠道如今舅舅正陞了外省去。家裡自然忙亂起身。喒們這兩
天一直的奔了去。還說你沒眼色。他母親道。你舅舅家雖陞了

去。還有你姨爹家。況這年來。你舅舅姨娘兩處。每每帶信稍書接咱們來。如今既來了。你舅舅雖忙着起身。你賈家姨娘。未必不苦留我們。咱們且忙忙收拾房屋。豈不使人見怪。你的意思我却知道。你守着舅舅姨夫住着。未免拘緊了你。不如各自住着。好任意施為。你既如此。你自去調停宅子去住。我和你姨娘姊妹們別了這幾年。我帶了你妹子投你姨娘家去。你道好不好。薛蟠見母親如此說。情知扭不過的。只得吩咐人夫一路奔榮國府。那時王夫人已知薛蟠官司一事。虧賈雨村維持了。纔

放了心○又見哥陞了邊缺○正愁又少了娘家親戚来往○略加寂
寞○過了幾日○忽見人傳報姨太太帶了哥兒姐兒合家進京○正
在門外下車○喜的王夫人忙帶了女媳人等○接入大廳○將薛姨
媽接了進来○姊妹們暮年相見○自不必說喜悲交集○泣笑叙說
一番○忙又引来拜見賈母○將人情土物各種酧献了○合家俱廝
見過○忙又治席接風○薛蟠已拜見了賈政○賈璉又引着拜見了
賈赦賈珍等○賈政便使人上来對王夫人說○姨太太已有了春
秋○外甥年輕○不知世路○在外住着○恐有人生事○咱們東北角上○

土

梨香院一所。十来間。白空閒着。打掃了。請姨太太就在這裡住

下。大家就容些等語。薛姨媽正欲同居一處。方可拘緊些兒。若

另住在外。又恐縱性惹禍。遂忙道謝應允。又私與王夫人說明。

一應日費供給。一槩免却。方是處常之法。王夫人知他家不難

於此。遂亦從其願。從此後薛家母子就在梨香院住了。原来這

梨香院。乃當日榮公暮年養靜之所。小小巧巧。約有十餘間房

舍。前廳後舍俱全。另有一門通街。薛蟠就走此門出入。西南有

一角門。通一夹道。出夹道便是王夫人正房的東首。每日或飯

後或晚間薛姨媽便過來或與賈母閒談或與王夫人相叙寶
釵日與黛玉迎春姊妹等一處或看書下棋或作鍼黹倒也十
分樂業只是薛蟠起初之心原不欲賈宅中居住者生恐姨父
管束拘緊料必不自在的無奈母親執意在此且宅中又十分
慇勤苦留只得暫且住下一面使人打掃出自己的房屋再移
居過去的誰知在此間住了不上一月的日期賈宅族中凡有
子侄俱已認熟了一半凡是那些紈袴氣習者莫不喜與他来
往今日會酒明日觀花甚至聚賭嫖娼漸漸無所不至引誘的

十三

薛蟠比當日更壞了十倍。雖說賈政訓子有方。治家有法。一則族大人多。照管不到這些。二則現任族長乃是賈珍。彼乃寧府長孫。又現襲職。凡族中事自有他掌管。三則公私冗雜。且素性瀟灑。不以俗務為要。每公暇之時。不過看書着棋而已。餘事多不介意。況且這梨香院相隔兩層房舍。又有街門別開。任意可以出入。所以這些子弟們竟可以放意暢懷的。因此遂將移居之念漸漸打滅了。且聽下回分解。

紅樓夢第五回

靈石迷性難解仙機　警幻多情秘垂淫訓

題曰　春困葳蕤擁繡衾　恍隨仙子別紅塵　問誰幻入華胥境　千古風流造業人

第四回中既將薛家母子在榮府中寄居等事略已表明此回則漸不能寫矣如今且說林黛玉自在榮府一來賈母萬般憐愛寢食起居如寶玉迎春探春惜春三個親孫女倒且靠後便是寶玉黛玉二人親密友愛處亦自覺別箇不同日則同行同坐夜則同息同止真是言和意順略無參商不想如今忽然來了一箇薛寶釵年歲雖大不多然品格端方容貌豐美人

一

多謂黛玉所不及。而且寶釵行為豁達。隨分從時。不比黛玉孤高自許。目下無塵。故黛玉大不得下人之心。便是那些小丫頭子們。亦多喜與寶釵去頑笑。因此黛玉心中便有些抑鬱不忿之意。寶釵卻渾然不覺。那寶玉亦在孩提之間。況自天性所稟来的一片愚拙偏僻。視姐妹弟兄皆出一意。並無親疏遠近之間。其中因與黛玉同隨賈母一處坐卧。故略與別箇姐妹熟慣些。既熟慣。則更覺親密。既親密。則不免一時有求全之毀。不虞之隙。這日不知為何。他二人言語有些不合起來。黛玉又氣的獨在房中垂淚。寶玉又自悔言語冒撞。前去俯就。那黛玉方漸〻的回轉来。因東邊寧府花園內梅花盛開。賈珍之妻尤氏。乃治酒請賈母邢夫人王夫人等賞花。是日先携了賈蓉之妻二人来面請。賈母等于早飯後過来。就在會芳園遊玩。先茶後酒。不過皆寧榮二府女眷家宴小集。並無別樣新文趣事可記。一時寶玉倦怠。欲睡中覺。賈母命人好哄著。歇息一回再来。賈蓉之妻秦氏。便忙笑回道。我們這裡有給寶玉叔〻捨下的屋子。老祖宗放心。只管交與我就是了。又向寶玉奶娘丫嬛等道。嬤〻

贴

姐、們請寶叔隨我這裡来賈母素知秦氏是個極妥當的人生得嫋娜纖巧行事又温柔和平乃重孫媳中第一箇得意之人見他去安置寶玉自是安穩的當下秦氏引了一簇人来至上房内間寶玉擡頭先看一幅画帖在上面畫的人物固好其故事乃是燃藜圖也不看係何人所画心中便有些不快又有一副對聯寫的是世事洞明皆學問人情練達即文章及看了這兩句縱然室宇精美鋪陳華麗亦斷、不肯在這里了忙說快出去快出去秦氏聽了笑道這裡還不好可往那裡去呢不然往我屋裡去罷。寶玉點頭微笑。有一媽、說道。那裡有叔、往姪兒房裡睡覺的理。秦氏道。噯喲、。不怕惱他。能多大呢。就忌諱這些。箇上月你沒看見我那箇兄弟來了。雖然寶玉同年。兩箇人若站在一處。只怕那一箇還高些呢。寶玉道。我甚麼沒見過。你帶他來我瞧、。衆人笑道。隔着二三十里。那裡帶去。見的日子有呢。說着大家來至秦氏房中。剛至房門。便有一般細、的甜香襲人來。寶玉覺的眼眶骨軟。連說好香。入房向壁上看時。有唐伯虎畫的海棠春睡圖。兩邊有家學士秦太虛寫的一

三

對聯。其聯云嫩寒鎖夢因春冷。芳氣襲人是酒香。案上設著武則天當日鏡室中設的寶鏡。一邊擺着飛燕立着舞過的金盤。盤内盛著安禄山擲過傷了太真乳的木瓜。上面設著壽長主（公）於含章殿下卧的榻。懸的是連（同）昌公主製的連環帳。寶玉含笑連說這裡好。秦氏笑道我這屋子。大約神仙可以住得了。說着親自展開了西子浣過的紗衾。移了紅娘抱過的鴛枕。于是衆奶姆伏侍寶玉卧好。款款散去。只留下襲人。媚人。晴雯。麝月四箇丫嬛為伴。秦氏又吩咐小丫嬛們小心在廊簷下看猫兒狗兒打架。那寶玉剛合上眼。恍、惚、的睡去。猶似秦氏在前。遂悠、蕩、。隨了秦氏至一所在。但見朱闌白石。綠樹清溪。真是人跡希逢。飛塵不到。寶玉在夢中歡喜。想道這箇去處有趣。我就在這裡過一生。就失了家也願意。强如天、被父母師傅打去。正胡思之間。忽聽的後有人作歌曰。

春夢隨雲散。　飛花逐水流。　寄言衆兒女。　何必覓閒愁。

寶玉聽了是女子的聲音。歌音未息。只見那邉走出一箇人來。蹁躚嫋娜。端的與人不同。有賦為証。

方離柳塢。乍出花房。但行處鳥驚庭樹。將到時月度迴廊。仙
袂乍飄兮。聞麝蘭之馥郁。荷衣欲動兮。聽環珮之鏗鏘。靨笑
春桃兮雲堆翠髻。唇含櫻顆兮榴吐嬌香。纖腰之楚〻兮迴
風舞雪。珠翠之輝〻兮滿額鵝黃。出沒花間兮宜嗔宜喜。徘
徊池上兮若飛若揚。蛾眉頻笑兮。將言而未語。蓮步乍移兮。
欲止而欲行。羨彼之良質兮冰清玉潤。慕彼之華服兮閃灼
文章。愛彼之貌容兮香培玉琢。羨彼之態度兮鳳翥龍翔。其
素若何。春梅綻雪。其潔若何。秋蘭披霜。其麗若何。霞映錦塘。

其靜若何。月射寒江。應慚西子。寔媿王嬙。奇矣哉。生于何地。

長自何方。信矣哉。瑤池不二。紫府無雙。

寶玉見是一箇仙姑。喜的忙来作揖問道。神仙姐〻。不知從那裡来。如今要往那裡去。我也不知這裡是何處。望乞攜帶攜帶。那仙姑笑道。吾居離恨天之上。灌愁海之中。乃故春山。遣香洞。太虛幻境。警幻仙姑是也。司人間之風情月債。掌塵世之女怨男痴。因近来風流冤孽。纏綿於此處。是以前来核察機會。佈散妄想。今忽與爾相逢。亦非偶然。此離吾境不遠。別無他物。僅有自採仙茗一盞。親釀美酒一甕。素練魔舞歌姬数人。新填紅樓夢仙曲十二支。試隨吾一遊否。寶玉聽了。喜悅非常。便忘了秦氏在何處。竟隨仙姑至一所在。有石牌橫建于上。書太虛幻境四箇大字。兩邊一副對聯。乃是假作真時真亦假。無爲有處有還無。轉過牌坊。便是一座宮門。上橫書四箇大字。道是孽海情天。又有一付對聯大書云。厚地高天。堪嘆古今情不盡。癡男怨女。可憐風月債難償。寶玉一看。心下自思道。原來如此。但不知何爲古今之情。何爲風月之債。從今到要領略。寶玉只顧如此

一想。不料早把些些邪魔招入膏肓。當下隨了仙姑。進入二層門
内。只見兩邊便殿。皆有匾額對聯。一時看不盡許多。惟見有處
寫着的是痴情司。結怨司。朝啼司。夜怨司。春感司。秋悲司。看了
因向仙姑道。煩仙姑引我到那箇司中遊玩遊玩。不知可使的。仙
姑道。此各司中。皆貯的是普天下所有的女子過去未來的簿
册。你凡眼塵軀。未便先知的。寶玉聽了。那裡肯依。復央之再四。
仙姑無奈。說也罷。就在此司内略隨喜隨喜罷了。寶玉喜不自勝。
抬頭看這司的匾上。乃是薄命司三字。兩邊對聯寫的是春恨

秋悲皆自惹。花容月貌為誰妍。寶玉看了。便知感嘆。進入門來。只見有數十箇大厨。皆用封條封着。皆是各省的地名。寶玉一心只揀自己家鄉封條看。遂無心看別省的了。只見那邊厨上封條上大書金陵十二釵正冊七字。寶玉因問何為金釵陵十二釵正冊。警幻道即貴省中十二冠首女子之冊。故為正冊。寶玉道常聽人說金陵極大。怎麽只十二個女子。如今單我們家裡。上、下、。就有幾百女孩子呢。警幻冷笑道省、的女子固多。不過擇其緊要者錄之。下邊二廚則又次之。餘者庸常之。輩則

無册可録矣。寶玉聽説。再看下首二厨上。果然一箇寫着金陵
十二釵副册。又一箇寫着金釵陵十二釵又副册。寶玉便伸手
先將又副册厨子開了。拿起一本册来。揭開一看。只見這首頁
上畫着一幅画。又非人物。亦無山水。不過是水墨滃的滿紙烏
雲濁霧而已。後有幾行字跡寫的是。

霽月難逢。彩雲易散。心比天高。身為下賤。風流多(靈)
巧招人怨。壽夭多因誹謗生。風流(多情)公子空牽念。

寶玉看了。又見後面着一簇鮮花。一床破席。也有幾句言詞寫

七

道是。

枉自温柔和順。　空云似桂如蘭。　堪羡優伶有福。　誰知

公子無緣。

寶玉看了不解。遂擲下這箇。又去開了副冊廚門。拿起一本冊

來揭開看時。只見画着一株桂花。下面有一池沼。其中水涸泥

乾。蓮枯藕敗。後面書云。

根並荷花一水香。　平生遭際實堪傷。　自從兩地生孤木。

致使香魂返故鄉。

寶玉看了。仍不解他。又擲了再去取正冊看。只見頭一頁上。便
画着两株枯木。〻上懸著一圍玉帶。又有一堆雪。〻下一股金
釵簪。也有四句言詞道是。

可嘆停機德。　堪憐咏絮才。　玉帶林中掛。　金簪雪裡埋。

寶玉看了仍不解。待要問時。情知他必不肯洩漏。待要丢下。又
不捨。遂又往後看時。只見画著一張弓。〻上掛一香櫞。也有一
首歌詞云。

二十年来辨是非。　榴花開處照宮闈。　三春争及初春景。

八

虎兎相逢大夢歸○

後面又画著兩人放風箏○一片大海○一隻大船○〻中有一女子○

掩面泣涕之狀○也有四句寫云○

才自精明志自高○　生於末世運偏消○　清明涕送江邊艦○

千里東風一夢遙○

後面又画幾縷雲○一灣遊(逝)水○其詞云○

富貴又何為○　襁褓之間父母違○　轉眼弔斜暉○　湘江水

道(逝)楚雲飛○

後面又画着一塊美玉。落在泥垢之中。其斷語云。
欲潔何曾潔。云空未必空。可憐金玉質。終陷淖泥中。
後面忽画一惡狼。追撲一美女。欲啖之意。其書云。
子係山中狼。得志便猖狂。金閨花柳質。一載赴黄梁。
後面更是一所古廟。裡面有一美人在内看經獨坐。其判云。
勘破三春景不長。緇衣頓改昨年粧。可憐繡戶侯門女。
獨卧青燈古佛傍。
後面更是一片氷山。上有一隻雌鳳。其判云。

鳳鳥偏從末世來。都知愛慕此生才。一從二令三人木。
哭向金陵事更哀。

後面又是一座荒村野廟。有一美人在那裡紡績。其判曰。
勢敗休云貴。家貧莫論親。偶因濟劉氏。巧得遇恩人。

後又画一盆茂蘭。傍有一位鳳冠霞帔的美人。也有判云。
桃李春風結子完。到頭誰似一盆蘭。如氷水好空相妬。
枉與他人作笑〔美〕談。

後面又画着高楼大廈。有一美人懸梁自縊。其判云。

情天情海幻情身。情既相逢必主淫。漫言不肖皆榮出。
造釁開端實在寧。

寶玉還欲看時。那仙姑知他天分高明。性情聰慧。恐把仙機泄
漏。遂掩了卷冊。笑向寶玉道且隨我去遊玩奇景。何必在此打
這悶葫蘆。寶玉恍ヽ惚ヽ。不覺棄了卷冊。又隨了警幻來至後
面。但見珠簾繡幙。画棟雕簷。說不盡那光摇朱戶金鋪地。雪照
瓊窗玉作宮。更見仙花馥郁。異草芬芳。真好箇所在。又聽警幻
笑道。你們快出來迎接貴客。一語未了。只見房中又走出幾個仙
十

絳珠

子来皆是荷袂蹁躚羽衣飄舞姣若春花媚如秋月一見了寳玉便怨謗警幻道我們不知係何貴客忙的接了出来姐、曽說今日今時必有絳珠妹子的生魂前来遊玩故我等久待何反引這濁物来污染這清淨女兒之境寳玉聽如此說便唬的欲退不能退果覺自形污穢不堪警幻忙攜住寳玉的手向衆姐妹道你們不知原委今日原欲往榮府去接絳珠適從寧府所過偶見寧榮二公之靈囑吾云吾家自國朝定鼎以來功名奕世富貴流傳雖歷百年奈運終數盡不可挽回者故遣之子孫雖多，竟無可以繼業。其中惟嫡孫寶玉一人，禀性乖張，性情怪譎，雖聰明靈慧，略可玉成，無奈吾家運數合終，恐無人規引入道。幸仙姑偶來，可望先以情欲聲色等事警其痴頑，或能使彼跳出迷人圈子，然後入于正路，亦吾弟兄之幸矣。如此囑吾，故發慈心，引彼至此，先以彼家上中下三等女子之終身籍冊，令彼熟玩，尚未覺悟，故引彼再至此處，令其再歷飲饌聲色之幻，或冀將來一悟，亦未可知也。說畢，攜了寶玉入室，但聞一縷幽香，竟不知所焚何物。寶玉遂不禁相問，警幻冷笑道：此

十

香塵世中所無爾何能知此巧香係採名山勝境內初生異卉
之精合各種寶林珠樹之油所製名為群芳髓寶玉聽了是羨
慕而已大家入坐小嬛捧上茶来寶玉自覺香清味異純美非
常因又問何名警幻道此茶出在放春山遣香洞又以仙花靈
葉上所帶宿露而烹此茶名曰千紅一窟寶玉聽了點頭稱賞
因看房內瑤琴寶鼎古畫新詩無所不有更喜窗下有唾絨奩
粉壁上亦有一付對聯書云幽微靈秀地無可奈何天寶玉看
畢無不羨慕因又請問衆仙姑姓名一名癡夢仙姑一名種情

大士。一名引愁金女。一名度恨菩提。各〻道號不一。少刻有小
嬛來調桌安椅。設擺酒饌。真是瓊漿滿泛玻璃盞。玉液濃斟琥
珀杯。更不用再說那餚饌之盛。寶玉因聞的此酒清香甘冽。異
乎尋常。又不禁相問。警幻道此酒乃以百花之蕊。萬木之汁。
加以麟髓之醅。鳳乳之麯。釀成。因名為萬艷同杯。寶玉稱賞不
迭。飲酒間又有十二箇舞女上來。請演何詞曲。警幻道就將新
製紅樓夢十二支演上來。舞女答應了。便輕敲檀板。款按銀箏。
聽他歌道是開闢鴻濛。方歌了一句。警幻道便說道此曲不比

十二

塵世所填傳奇之曲。必有生旦淨末之則。又有南北九宮之限。
此或咏嘆一人。或感懷一事。偶成一曲。即可譜入管絃。若非箇
中人不知其中之妙。料爾亦未必深明此調。若不先閱其稿。後
聽其歌。翻成嚼蠟矣。説畢回頭命小嬛取了紅樓夢原稿來。遞
與寶玉、、接起。一面目視其文。一面耳聆其詞云、。

紅樓夢引子　開闢鴻濛。誰為情種。都只為風月情濃。奈何
天。傷懷日。寂寥時。試遣愚衷。因此上演出這懷金悼玉的
紅樓夢。

終身悞　都道是金玉良姻。俺只念木石前盟。空對著山中高士晶瑩雪。終不忘世外仙姝寂寞林。嘆人間美中不足今方信。縱然是齊眉舉案。到底意難平。

枉凝眉　一箇是閬苑仙葩。一箇是美玉無瑕。若說沒奇緣。今生偏又遇着他。若說有奇緣。如何心事終虛化。一箇是枉子[自]嗟呀。一箇空勞牽掛。一個是水中月。一箇是鏡中花。想眼中能有多少淚[珠]兒。怎經得秋流到冬盡。春流到夏。

寶玉聽了此曲。散漫無稽。不見得好處。但其聲韻悽惋。意能銷

魂醉魄因此也不察其原委問其来歷就暫以此釋悶而已因

又看下道

恨無常　喜榮華正好恨無常又到眼睁睁把萬事全拋蕩

悠悠芳魂銷耗望家鄉路遠山高故向爹娘夢裡相尋告

兒命已入黄泉須要退步抽身早

分骨肉　一帆風雨路三千把骨肉家園齊拋閃恐哭損殘

年告爹娘莫把兒懸念自古窮通皆有定離合豈無緣從

令分两地各自保平安奴去也莫牽連

樂中悲　襁褓中父母嘆雙亡縱居那綺羅叢裡誰知嬌養
幸生来英雄闊大寬宏量從来未将兒女私情略縈心上
好一似霽月光風耀玉堂厮配的才貌仙郎博得箇地久
天長準折的幼年時坎坷形狀終久是雲散高唐水涸湘
江（這是）塵寰中消長數應當何必枉悲傷
世難容　氣質美如蘭才華馥比仙天生孤癖人皆罕你道
是啖肉食腥羶視綺羅欲厭却不知太高人愈妒過潔
世同嫌可嘆這青燈古殿人将老辜負了紅粉朱樓春色
十四

闌。到頭来依舊是風塵骯髒違心願。好一似無瑕白玉遭

泥陷。又何須王孫公子嘆無緣。

喜冤家　中山狼。無情獸。全不念當日根由。一味的驕奢淫

蕩貪還（婚）構（媾）。覷著那侯門艷質（質）同蒲柳。作踐得公府千金似下

流。嘆芳魂艷質（𧷤）一載蕩悠悠。

虛花悟　將那三春看破。桃紅柳綠待如何。把這韶華打滅。

覓那清淡天和。說什麼天上夭桃盛。雲中杏蕊多。到頭来

誰見把秋挨（捱）過。則看那白楊村裡人嗚咽。青楓林下鬼唫

哦更蕪無著連天衰草遮坟墓這是的昨貧今富人勞碌春

榮秋謝花折磨似這般生關死刼誰能躲聞說道西方寶

樹喚娑娑上結著長生菓

聰明累　機關算盡太聰明反筭了卿〻性命生前心已碎

死後性空靈家富人寧中有箇家亡人散各奔騰枉費了

意懸〻半世心好一似蕩悠〻三更夢忽喇〻似大厦傾

昏慘〻似燈將盡呀一場歡喜忽悲辛嘆人世終難定

留餘慶　留餘慶留餘慶忽遇恩人幸娘親幸娘親積的陰

十五

功勸人生濟困扶窮休似俺那愛銀錢忘骨肉的狠毒奸兄正是乘除加減上有蒼穹

晚韶華　鏡裡恩情更那堪夢裡功名那美韶華去之何迅再休提繡帳鴛衾只這帶珠冠披鳳襖也抵不了無常性命雖說是人生莫受老來貧也須要陰騭積兒孫氣昂〻頭帶簪纓頭帶簪纓光燦〻胸懸金印威赫〻爵祿高登爵祿高登昏慘〻黃泉路近問古來將相可還存也只是虛名兒與〔留〕後人欽敬

好事終　畫梁春盡落香塵。擅風情。秉月貌。便是敗家的根本。箕裘頹墮皆從敬。家事銷亡首罪寧。宿孽總因情。

収尾　飛鳥各投林。為官的家業凋零。富貴的金銀散盡。有恩的死裡逃生。無情的分明報應。欠命的命已還。欠淚的淚已盡。寃寃相報豈非輕。分離聚合皆前定。欲知命短問前生。老來富貴也真僥倖。看破的遁入空門。痴迷的枉送了性命。好一似食盡鳥投林。落了片白茫茫大地真乾淨。

歌畢。還有歌副曲。警幻見寶玉甚無趣味。因嘆痴兒竟尚未悟。

十六

那寶玉忙止歌姬。不必再唱。自覺朦朧恍惚。告醉求卧。警幻便
命撤去殘席。送寶玉至一香閨綉閣之中。其間鋪陳之盛。乃素
所未見之物。更可駭者。早有一位女子在內。其鮮艷嬌媚。有似
乎寶釵。風流嬝娜。則又如黛玉。正不知何意。忽警幻道。塵世中
多少富貴之家。那些綠窗風月。綉閣烟霞。皆被淫物紈袴與那
些流蕩女子悉皆玷污。更可恨者。自古來多少輕狂。多少輕薄浪
子。皆以好色不淫為飾。又以情而不淫作案。皆此飾非掩醜之
語也。好色即淫。知情更淫。是以巫山之會。雲雨之歡。皆由既悅

其色。復戀其情所致也。吾所爱汝者。乃天下古今第一淫人也。
寶玉聽了。唬的忙答道。仙姑差了。我因懶于讀書。家父母尚每
垂訓飭。豈敢再冒淫字。况且年紀尚小。不知淫字爲何物。警幻
道。非也。淫雖一理。意則有别。如世之好淫者。不過悦容貌。喜歌
舞。調笑無猒。雲雨無時。恨不能天下之美女。供我片時之趣興。
此皆皮膚淫濫之蠢物耳。如爾。則天分中生成一段痴情。吾輩
推之爲意淫。意淫二字。惟心會而不可口傳。可神通而不能語
達。今汝獨得此二字。在閨閣中固可爲良友。然於世道中未免

迂濶怪譎百口嘲謗萬國睚眦今既遇令祖寧榮二公剖腹深
囑吾不忍君獨為我閨閣增光見棄于世道是以時〔特〕引前来醉
以靈酒沁以仙茗警以妙曲再將吾妹一人乳名兼美字可卿
者許配與汝今夕良時即可成姻罔不過令汝略領此仙閨幻
境之風光尚此〔且如〕況塵世之情景哉今而後萬萬解釋改悟前情
留意于孔孟之間要身于經濟之道說畢便秘授以雲雨之事
推寶玉入房將門掩上自去了寶玉恍恍惚惚依警幻所囑之
言未免有兒女之事難以盡述至次日便柔情繾綣軟語温存

與可卿難解難分。因二人攜手出去遊玩之時。忽至一箇所在。但見荊榛遍地。狼虎同群。迎面一道黑溪阻路。並無橋梁可通。正猶豫之間。忽見警幻從後追來道。快休前進。作速回頭要緊。寶玉忙止步問道。此係何處。警幻道。此即迷津也。深有萬丈。遙亘千里。中無舟楫可通。只有一箇木筏。乃本居士掌柁。灰侍者撐篙。不受金銀之謝。但遇有緣者渡之。爾今偶遊至此。設如墮落其中。則深負我從前諄〻儆戒之語矣。話猶未了。只聽迷津內水响如雷。竟有許多夜义海鬼。將寶玉拖將下去。嚇的寶玉

六

汗下如雨。一面失聲喊叫可卿救我。唬的襲人輩衆了鬟忙上

來摟住叫寶玉別怕。我們在這裡。却說秦氏正在外房囑咐小

了頭們好生看著猫兒狗兒打架。忽聽寶玉在梦中喚他的小

名。因納悶道。我的小名。這裡從沒知道的。如何知道在夢裡叫

出。正是一場幽梦同誰訴。千古情人獨我知。且聽下回分解。

紅樓夢第六回

賈寶玉初試雲雨情　劉姥姥一進榮國府

却說秦氏因聽見寶玉從夢中喚他的乳名。心中自是納悶。又不好細問。彼時寶玉迷〻惑〻。若有所失。衆人忙端上桂元湯來。呷了兩口。遂起身整衣。襲人伸手與他繫褲帶時。不覺伸手至大腿處。只覺氷涼一片粘濕。唬的忙退出手來。問是怎麼了。寶玉紅漲了臉。把他的手一捻。襲人本是聰明女子。年紀本又比寶玉大兩歲。近來也漸通人事。今見寶玉如此光景。心中便一覺察了一半不覺也羞的紅漲了臉面遂不敢再問仍舊理好衣裳隨至賈母處來胡亂吃畢晚飯過這邊來襲人忙趁衆奶娘丫嬛不在傍時另取出一件中衣來與寶玉換上寶玉含羞央告道好姐、千萬別告訴別人要緊襲人亦含羞笑道你夢見什麽故事了是那裡流出来那些臟東西寶玉道一言難盡說着便把夢中之事細說與襲人聽了然後說至警幻所授雲雨之情羞的襲人掩面伏身而笑寶玉亦喜襲人柔媚姣俏遂強襲人同領警幻所訓雲雨之事襲人素知賈母已將自己

與了寶玉的今便如此亦不為越理遂和寶玉偷試一番幸的
無人撞見自此寶玉視襲人更與別箇不同襲人待寶玉更為
盡職暫且別無說話榮府一宅中合算起來人口雖不多從上
至下也有三四百丁事雖不大一天也有一二十件竟如亂麻
一般並沒有箇頭緒可作綱領正尋思從那一件事自那一箇
人寫起纔妙恰好忽從數十里之外芥豆之微小小一箇人家
與榮府略有些瓜葛這日榮府中來因此便就此一家說來到
還是頭緒你道這一家姓甚名誰又與榮府甚有瓜葛諸公若

二

孅瑣碎粗鄙呢則快擲下此書另覓好書去醒目若謂聊可破悶時待蠢物逐細言來方才所說這小丶之家姓王乃本地人氏祖上做過小丶的京官昔年曾與鳳姐之祖王夫人之父認識因貪那王家的勢利便連了宗認作姪子那時只那王夫人之大兄鳳姐之父與王夫人隨在京中的知有此事目今其祖已故只有一箇兒子名喚王成因家業蕭條仍搬出城外原鄉中去住了王成新近亦因病故只有其子狗兒丶丶亦生一子小名板兒嫡妻劉氏又生一女名喚青兒一家四口仍以務農為

業。因狗兒白日間又作些生意。劉氏又操井臼等事。青板姐妹（兄）

兩箇。無人看管。狗兒遂將岳母劉姥〻接來一處過活。這劉姥〻

乃是久經世代的老寡婦。膝下又無兒子。只靠兩畝薄田度日。

如今女婿接來養活。豈不願意。遂一心一計帮趂著女兒女婿

過活起來。這年秋盡冬初。天氣冷將上來。家中冬事未辦。狗兒

未免心中憂慮。吃了幾盃悶酒。在家閑尋氣惱。劉氏不敢頂撞。

因此劉姥〻看不過。乃勸道。姐夫你别嗔著我多嘴。偺們村庄

人。那一箇不是老〻誠〻的。守多大碗兒。吃多大的（三）飯。你皆因

年少的托着那老的福。吃唱慣了。如今所以把持不住。有了錢就顧頭不顧尾。沒了錢就瞎生氣。成箇什麼男子漢大丈夫了。如今咱們雖離家住着。終是天子脚下。這長安城中。遍是都是錢。只可惜沒人會拿去罷了。在家跳蹋。沒中用的。狗兒聽說便急道。你老只會炕頭兒上混說。難道叫我打劫偷去不成。劉姥道誰叫你偷去呢。也倒底大家想方法兒裁度。不然那銀子錢自己跑到咱家來不成。狗兒冷笑道。有法兒還等到這會子呢。我又沒有收稅的親戚。作官的朋友。有什麼法子可做的。便有

也只怕他們未必來理我們呢。劉姥、道。這倒不肰。謀事在人
成事在天。偺們謀到了。靠菩薩的保佑。有些機會。也未可知。我
倒替你們想出一箇機會來。當日你們原是和金陵王家連過
宗的。二十年前。他們看承你們還好。如今自然是你們拉硬屎
不肯去俯就他。故踈遠起來。想當初我和女兒還去過一遭。他
家二小姐着寔爽快會待人的。倒也不拿大。如今現是榮國府
賈二老爺的夫人。聽得說如今上了年紀。越發憐貧恤寡。最愛
齋僧敬道。捨米捨錢的。如今王府雖陞了邊任。只怕這二姑太

四

還認得偺們。你何不去走動〻〻。或者他念舊。有些好處。也未可知。只要他發一點好心。拔一根寒毛。比偺們的腿還粗呢。劉氏一傍接口道。你老雖說的是。但只你這樣嘴臉。也怎麽好到他們門上去的。先不先他們那些門上人。也未必肯去通報。沒的去打嘴現世。誰知狗兒利名心最重。聽如此一說。心下便有活動起來。又聽他妻子這番話。便笑接道。姥〻既如此說。況且當年你又見過這姑太〻一次。何不你老人家明日就走一淌。先試〻風頭再說。劉姥〻道。噯喲。可是說的。侯門深似海。我是個什麽東西。他家人不認得我。〻去了也是白去的了。狗皃咲道不妨。我教你老一箇法子。你竟帶了外孫子小板兒先去找陪房周瑞。若見了他。就有些意思了。這周瑞先時曽和我父親交過一樁事。我們極好的。劉姥〻道我也知道他的。只是許多時不走。知道他如今是怎樣。這也說不得了。你又是箇男人。又這樣箇嘴臉。自然去不得。我們姑娘年輕媳婦子。也難賣頭賣腳去。倒還是捨著我這付老臉去碰一碰。果然有些好處。大家有益。便是沒銀子來。我也到公侯府門見一見食〔識〕面。也不枉我一生。

五

說畢大家笑了一笑。當晚計議已定。次日天未明。劉姥〻便起
来梳洗了。又將板兒教訓幾句。那緫只五六歲的孩子。一無所知。
聽見帶他進城裡去。便喜的無不應承。于是劉姥〻帶他進城。
找至榮寧街来。至榮府大門口獅子前。只見簇〻的轎馬。劉姥〻
便不敢過去。且彈〻衣服。又教了板兒幾句話。然後偵到角門
前。只見幾箇挺胸疊肚指手畫脚的人。坐在大櫈上說東談西
呢。劉姥〻只得偵上来問太爺們納福。衆人打諒了他一會。便
問是那裡来的。劉姥〻陪笑道。我找太〻的陪房周大爺的。煩

那位太爺替我請他出來。那些人聽了都不瞅睬。半日方說道
你遠〻的那墻脚角下等著。一會子他們家有人就出來的。內中
有一年老的說道。不要悞他的事。何苦要他。因向劉姥〻道。那
周大爺已往南邊去了。他在後一帶住著。他娘子却在家。你若
找時。從這邊繞到後街上。後門上去問就是了。劉姥〻聽了謝
過。遂攜了板兒。遶至後門上。只見門前歇著些生意担子。也有
賣吃的。也有賣頑耍物件的。鬧〻吵〻。二三十個孩子在那裡
厮鬧。劉姥〻便拉住一個道。我問哥兒一聲。有個周大娘。可在

六

家麼孩子道那箇周大娘我們這裡周大娘有三個呢還有兩箇周奶ゝ不知是那一行當上的劉姥ゝ道是太ゝ的陪房周瑞孩子道這箇容易你跟我来說着跳躥的引著劉姥ゝ過了後院至一院墻邊指與劉姥ゝ道這就是他家又叫道周大媽有箇老奶ゝ来找你呢周瑞家的在内聽說忙迎出来問是那位劉姥ゝ忙迎上来問道好呀周嫂子周瑞家認了半日方笑道劉姥ゝ你好呀你說上了些年紀我就忘了請家裡来坐罷劉姥ゝ一壁走一壁笑說道你老是貴人多忘事那裡還記得

我們呢說著來至房中周瑞家的命雇的小丫頭倒上茶來吃
著周瑞家的又問板兒倒長得這麼大了又問些別後閑話再
周家的如何認得是板兒
問劉姥、今日還是路過還是特來的劉姥、便說原是特來
瞧、你嫂子二則去請、姑太、的安若可以領我見一見更
好若不能便借重嫂子轉致意罷了周瑞家聽了便已猜著幾
分來意只因昔年他丈夫周瑞爭買田地一事其中多得狗兒
之力令見劉姥、如此而來心中難却其意二則也要現美自
已體面聽得如此說便笑說姥、你放心大遠的誠心誠意來
七

了。豈有箇不吽你見個真佛去的。論理人来客至回話。却不與
我相干。我們這裡都是各佔一樣兒。我們男的只管春秋两季
的租子。閒時只帶著小爺們出門就完的了。我只管跟太〻奶〻
們出門的事。皆因你原是太〻的親戚。又拏我當个人。投奔了
我来。我竟破箇例。給與通箇信去。但只一件。姥〻有所不知。我
們這裡又比不得五年前了。如今太〻竟不大管事。都是璉二
奶〻管家了。你道這璉二奶〻是誰。就是太〻的姪女。當日這
大舅老爺的女兒。小名鳳哥的。劉姥〻聽了罕問道。原来是他。

怪道呢。我當日就說他不錯呢。這等說来。我今日還得見他了。
周瑞家的道這箇自然的。如今太〻事多心煩。有客来了。略可
推得的。也就推過去了。都是這鳳姑娘周旋迎待。今兒寧可不
見太〻。倒要見他一面。纔不枉這裡来一遭。劉姥〻道阿弥陀
佛。這全仗嫂子方便了。周瑞家的說那裡話。俗語說的與人方
便。自己方便。不過我說一句話便了。害著我的什麽。說着便喚
小丫頭到廳上悄〻的打聽〻〻老太〻屋裡擺了飯了没有。小
丫頭去了。這裡二人又說些閒話。劉姥〻因說這位鳳姑娘今
八

年大不過二十歲罷了就這等有本事當這樣的家可是難得
的周瑞家的聽了道嗐我的姥、告訴不得你呢這位鳳姑娘
年紀雖小行事却還比人都大呢如今出挑的美人一樣的模
樣兒少說些有一萬個心眼子再要賭口齒十个會說話的男
人也說他不過回来你見了就信了就只一件待下人未免太
嚴了些說着只見小丫頭回来說老太、屋裡已擺完了飯二
奶、在太、屋裡呢周瑞家的聽了連忙起身催着劉姥、快
走快走這一下来他吃飯是一个空兒偺們先等著去若遲一

步。回事的人多了。難説話。再歇了中覺。越發没了時候了。説着
齊下了炕。打掃、衣服。又吽了板兒幾句話。隨着周瑞家逶迤
往賈璉的住宅而來。先至厠廳。周瑞家的將劉姥、安插在那
裡略等一等。自己先過了影壁。進了院門。知鳳姐未出來。先找
着鳳姐的一個心腹通房的大了頭。名喚平兒的。周瑞家的先
將劉姥、起初來歷説明。又説今日大遠、的將來請安。當日
太、是長會的。所以我帶了他進來。等奶、下來。我細、回明。
奶、想也不責備我莽撞的。平兒聽了。不便作[illegible]主意。吽他們進〔且〕
九

進来先在這裡坐着就是了周瑞家的聽了方出去領他兩箇進入院来上了正房臺磯小了頭子打起了猩紅毡簾纔入堂屋只聞一陣香撲了臉来竟不辨是何氣味身子如在雲端一般滿屋中物都是耀眼争光使人頭懸目眩劉姥、斯時惟有點頭咂眼念佛而已于是来至東邊這間屋内乃是賈璉的女兒大姐兒睡覺所在平兒站在炕邊打量了劉姥、兩眼只得問箇好讓坐劉姥、見平兒這身綾羅插金戴銀花容玉貌的便當是鳳姐兒了纔要稱姑奶、忽見周瑞家的稱他是平姑娘。又見平兒趕着周瑞家的稱周大娘。方知不過是箇有些體面的丫頭。于是讓劉姥、和板兒上了炕。平兒和周瑞家的對面坐在炕沿上。小丫頭子們斟了茶來吃茶。劉姥、只聽見咯噹、、的响聲。大有似乎打籮櫃箱面的一般。不免東瞧西望的。忽見堂屋中柱子上掛著一個匣子。底下又墜着一箇秤砣般一物。却不住的亂恍。劉姥、心中想着這是個什麼愛物兒。有煞用呢。正獃時。陡聽得噹的一聲。又若金鐘銅磬一般。不防唬的一跳。展眼接着又是一連八九下。方欲問時。只見小丫頭

十

子們一齊亂跑。說奶、下来了。平兒周瑞家忙起身。命劉姥、
只管坐着。等是時候。我們来請你呢。說着都迎出去了。劉姥、
只屏聲側耳默候。只聽遠、有人笑聲。約有一二十婦人衣裙
綷縩。漸入堂屋。往那邊屋內去了。又見三兩婦人。都捧着大漆
捧盒。進這邊来等候。聽見那邊說了聲擺飯。漸、的人纔散出。
只有伺候端菜幾人。半日鴉雀不聞之後。忽見兩个人擡了一
張炕桌来。放在這邊炕上。桌上碗盞森列。仍是滿、的魚肉在
內。不過略動了幾樣。板兒一見了。便吵着要肉吃。劉姥、一巴

掌打了他去忽見周瑞家的笑嘻〻走過來招手兒叫他劉姥〻
會意於是攜了板兒下炕至堂屋中周瑞家的和他唧〻了一
會方傍到這邊屋裡来只見門外鏨銅鈎上懸著撒花大紅軟
簾南窗下是炕〻上大紅毡條靠東邊板壁立著一箇鎖子錦
靠背與一箇靠枕鋪着金心綠（緑）閃緞大坐褥旁邊有銀唾沫盒
那鳳姐家常帶著紫貂昭君套圍著攢珠勒子穿着桃紅撒花
襖石青刻絲灰鼠披風大紅洋縐銀鼠皮裙粉光脂艷端〻正〻
坐在那裡手內拿著小銅火柱撥手爐內的灰平兒站在炕沿

土

邊。捧著小、的一箇填漆茶盤。、內一小蓋鍾。鳳姐也不接茶。也不抬頭。只管撥手爐的灰。慢〻的問道怎麽還不請進来。一面説。一面擡身要茶時。只見周瑞家的已帶了兩箇人在地下站著了。這纔忙欲起身。猶未起身。滿面春風的問好。又嗔周瑞家怎麽不早説。劉姥、在地下已長拜了數拜。問姑奶、好。鳳姐忙説周姐、快攙着。不用拜罷。請坐。我年輕〔青〕不大認得。可也不知是什麽輩数。不敢稱呼。周瑞家的忙回道。這就是我纔回的那個姥、了。鳳姐點頭。劉姥、已炕沿上坐下了。板凳便躲在他背後。百般哄他出来作揖。他死也不肯。鳳姊笑道親戚們不大走動。都踈遠了。知道的呢。説你們厭棄我們。不肯常来。不知道的那起小人。還只當我們眼裡没人似的。劉姥、忙念佛道。我們家艱難。走不起来了。這裡没的給姑奶、打嘴。就是曾家爺們看著也不像。鳳姐笑道這話没的呌人惡心。不過借頼著祖父虚名。作箇窮官兒罷了。誰家有什麽。不過是舊日空架子。俗語説道朝廷家還有三門子窮親戚。何况你我。説著又問周瑞家的回了太、了没有。周瑞家的道如今等奶、的示下。

十三

鳳姐兒道你去瞧瞧、。要是有人有事就罷。得閒了就回。看怎麼
說。周瑞家的答應著去了。這裡鳳姐叫人抓些菓子給板兒吃。
剛問些閒話時。就有家下許多媳婦管事的回話。這平兒回了。
鳳姐道些〔這〕裡陪客呢。晚上再來回。若有狠要緊的。你就帶進來
現辦。平兒出去一會。進來說我都問了。沒什麼緊事。我就叫他
們散了。鳳姐點頭。只見周瑞家的回來向鳳姐道。太、說了。令
日不得閒。二奶、陪著。便是一樣。多謝費心想着。白來逛、的
便罷。若有甚話的。只管告訴二奶、。都是一樣。劉姥、道也没

甚說的。不過是来瞧姑太、姑奶、。也是親戚們的情分。周瑞家的道沒有甚說的便罷。若有話只管回二奶、是和太、一樣的。一面說一面遞眼色與劉姥、。劉姥、會意。未語先飛紅的臉。欲待不說。今日又所為何来。只得忍恥說道。~~說~~論理今兒初次見姑奶、。都不該說的。只是大遠的奔了你老這裡来。也少不得說了。剛說到這裡。只聽二門上小廝們回話。寧府裡小大爺進来了。鳳姐忙止劉姥、。不必說来。一面便問你蓉大爺在那裡呢。只聽一路靴子脚响。進了一個十七八歲的少年。面目

圭

清秀。身材夭矯。輕裘寶帶。美服華冠。劉姥、此時坐不是。立不
是。藏没處藏。鳳姐笑道只管坐管着。這是我姪兒。劉姥、方扭、
捏、在炕沿上坐了。賈蓉笑道。我父親打發了我来求嬸子。說
上回老太、給嬸子那件玻璃屏。明日請一箇要緊的客。借了
略擺一擺。就送過来的。鳳姐道說遲了一日。昨日已經給了人
了。賈蓉聽說。嘻、笑著。在炕沿下半跪道。嬸子若不借。又說我
不會說話了。又挨一頓好打呢。只當可憐姪兒罷。鳳姐笑道也
没見我王家門的東西。都是好的不成。一般你們那裡放着那

些好東西。只是看不見我的綫〻罷。賈蓉笑道那裡如這箇好呢。
只求開恩罷。鳳姐道碰了一點兒。你可仔細你的皮。因命平兒
拿樓門鑰匙。傳幾箇妥當人来抬去。賈蓉喜的眉開眼笑。忙說
我親自帶了人拿去。别由他們亂碰。說著便起身去了。這里鳳
姐忽又想起一事来。便向窻外叫蓉兒回来。外面幾箇人接聲
說蓉大爺快回来。賈蓉忙復身轉来。垂手侍立。聽何指示。那鳳
姐只管慢〻的吃茶。出了半日神。方笑道罷了。你且去罷。晚飯
後你再来說罷。這會子有人。我也沒精神了。賈蓉應了。方慢〻

的兒退去這裡劉姥〻心身方安又說道我今日帶了你姪兒來也不為別的只因他老子娘在家裡連吃的都沒有了如今天又冷了越想沒箇活路兒只得帶了你姪兒奔了你了打發偺們作煞事來只顧吃菓子呢鳳姐早已明白了聽了一回說識話因笑道不必說了我知道了因問周瑞家的這姥〻不知可用早飯呢沒有呢這劉姥〻忙道一早就往這裡趕來那裡還有吃飯的工夫呢鳳姐聽說忙命快傳飯來一時周瑞家的傳一桌客飯來擺在東邊屋內這周瑞家的安排飯菜已畢遂到

鳳姐面前說明。去呌過劉姥ヽ合板兒過去吃飯呢。鳳姐說道
周姐ヽ好生讓着些ヽ兒。我不能陪了。于是過東邉房裡来。鳳姐
又呌過周瑞家的去問他。方纔回了太ヽ。說了些什麼。周瑞家
的道。太ヽ說他們家原不是一家子。不過因出一姓。當年又與
太老爺一處做官。偶然連了宗的。這幾年来也不大走動。當時
他們来了遭。却也沒空了他們。今日既来了。瞧ヽ我們。是他的
好意思。也不可簡慢他。便是有什麼說的。呌二奶ヽ裁度着就
是了。鳳姐聽了說道。我說呢。既是一家子。我如何連影兒也不

十五

知道。説話時劉姥ゝ已吃罷飯。拉了板兒過来餂舌拵〔咂〕嘴道。多謝。鳳姐笑道且請坐下。聽我告訴。你老人家方纔的意思我已知道了。若論親戚之間。原該不待上門来就該有照應纔是。但如今家裡襍事太煩。太ゝ漸上了年紀。一時想不到也是有的。况是我近来管些事。都不大知道這些親戚們。二則外頭看着這里雖是烈ゝ轟ゝ的。殊不知大有大的艱難。去處。説與也人未必信罷了。今兒既大遠的来了。又是頭一次見我張口。怎好叫你空回去的。可巧昨日太ゝ給我的丫頭們作衣裳的二十

两銀子我還沒動的你們不嫌少就暫且拿了去罷那時劉姥、
先聽見艱難只當是沒有心裡便哭、的後來聽見說給他二
十兩喜的又渾身發癢起來說道噯我也是知道艱難的但俗
語說瘦死的駱駝比馬大憑他怎樣你老拔根寒毛比我們的
腿還麤呢周瑞家的在傍聽他說的粗鄙只管使眼色止他鳳
姊聽了笑而不睬只命平兒把昨日那包銀子拏來再拿一串
錢來都送至劉姥、跟前鳳姐乃道這是二十兩銀子暫且給
這孩子做件冬衣罷若不拏著可真是怪我了這錢雇了車子

坐罷。改日無事再來逛、。方是親戚們意思。天色也晚了。也不虛留你們了。到家裡該問好的問個好兒罷。一面說。一面就站起來了。劉姥姥、只管千恩萬謝的。拿了銀錢隨周瑞家的來至外廂。周瑞家的道我的娘。你見了他。怎麽到不會說了。開口就是你姪兒。我說句不怕你惱的話。便是親姪兒。也要說和軟些兒。那蓉大爺纔是他正經姪兒呢。怎麽又跑出這麽箇姪兒來了。劉姥姥、笑道我的嫂子。我見了他。我心眼裡愛還愛不過來。那裡說上話來了。二人正說着。又至周瑞家坐了片時。劉姥姥、便留下一塊銀子與周瑞家的女兒買菓子吃。周瑞家的如何放在眼裡。執意不肯。劉姥姥感謝不盡。仍從後門去了。正是得意濃時易接濟。受恩深處勝親朋。且聽下回分解。

十七

紅樓夢第七回

送宮花周瑞歎英蓮　　談肄業秦鐘結寶玉

話說周瑞家的送了劉姥姥去後。便上來回王夫人話。誰知王夫人不在上房。問丫嬛們時。方知往薛姨媽那邊說閒話去了。周瑞家的聽說。便轉東門出至東院。往梨香院來。剛至院門前。只見王夫人丫嬛名金釧兒者。和一個才留頭的小女孩兒站在臺坡上頑呢。見周瑞家的來了。便知有話回。因向内詉嘴兒。周瑞家的輕輕掀簾進去。只見王夫人和薛姨媽長篇大套的

一

説些家務人情等語。周瑞家的不敢驚動。遂進裡間来。只見寶
釵穿着家常服。頭上只挽着鬒兒。坐在炕裏邊。伏在小炕几上。
同小丫嬛鶯兒正描花樣子呢。見他進来。寶釵才放下筆轉過
身来。滿面堆笑讓周姐姐坐着。周瑞家的也忙陪笑問好。一面
炕沿邊坐了。因説　有兩三天也没見姑娘到那邊逛逛去。只
怕是你寶玉兄弟冲撞了你不成。寶釵笑道那裡的話。只因我
那種病又發了。所以且靜養兩日。周瑞家的道正是呢。姑娘到
底有什麽病根兒。也該趂早兒請个大夫来。好生開了方子。認

真吃幾劑藥。一世除了根纔是。小小年紀。到作下個病根。也不
是頑的。寶釵聽說。便笑道再不要提吃藥。為這病請大夫吃藥。
也不知白花了多少銀子錢呢。憑你什麼名醫仙藥。從沒見一
點效驗。後來還虧了一個禿頭和尚。專治無名之症。因請他看
了。他說我這是從胎裡帶來的一股熱毒。幸而我先天結壯。還
不相干。若吃丸藥是不中用的。他就說了一個海上方。又給了
一色末藥作引。異香異氣的。不知是那里弄的來的。他說發了
時吃一丸就好。到也奇怪。這到效驗得緊。吃下去就好。周瑞家

二

的因問道不知是個海上什麽方兒姑娘說了我們也記着說與人知道倘遇見這様病也是行好的事寶釵見問乃笑道不用這方兒還好若問起這方兒直直把人鎖(瑣)碎死了東西藥材一槩都有現(限)易得的只難得可巧二字要春天開的白牡丹花心十二兩夏天開的白荷花蕊十二兩秋天開的白芙蓉蕊心十二兩冬天開的白梅花蕊心十二兩將這四様花蕊于次年春分這日晒干(乾)和在末藥一處一齊研好又要雨水這日的雨水十二錢周瑞家的忙道噯呀這様說來這就得三年的工夫

倘或雨水這日竟不下雨。可又怎處呢。寶釵笑道所以了。那裡
有這樣可巧的雨。便没雨也只好再等罷了。还要白露這日的
露水十二錢。小雪這日的雪十二錢。霜降這日的霜十二錢。把
把這四樣水調匀。和了丸藥。再加十二錢蜂蜜。十二錢白糖。丸
個龍眼大的丸子。盛在舊磁罈内。埋在花根底下。若發了病時。
拏出来吃一丸。用十二合黄柏煎湯送下。周瑞家的聽了笑道。
阿彌陀佛。真巧死了人。等十年也未必能這樣巧呢。寶釵道竟
好。自他說了。去後一二年間。可巧都得了。好容易配成一料。如

三

今從南帶至此○現今埋在梨花樹下○周瑞家的又道這藥可有
名字沒有呢○寶釵道有○這也是那癩和尚說下的○叫做冷香丸○
周瑞家的聽了點頭兒○因又說這病發時○到底那意思是怎樣○
寶釵道也不覺什麽○只不過喘嗽些○吃一丸藥○也就罷了○周瑞
家的還欲說話時○忽聽王夫人問誰在里頭說話○周瑞家的忙
着答應了○趂便回了劉姥姥之事○又畧代〔待〕半刻兒○見王夫人無
語○方欲退出○薛姨媽忽又笑道○你且站着○我有一宗東西○你帶
了去罷○說着便叫香菱○簾櫳响處○見方纔和金釧兒頑的那個

小女孩子進来了。問奶奶叫我做什麽。薛姨媽道把那匣子裡
的花兒拏來。香菱答應了。向那邊捧了個小小錦匣来。薛姨媽
乃道這是宮裡頭作的新鮮様法堆紗花十二枝。昨兒我想起
来。白放着可惜舊了。何不給他們姊妹們帶去。昨兒要送去。偏
又忘了。你今兒来的巧。就帶了去罷。你家的三位姑娘。每人兩
支。剩六支。送林姑娘四二支。那四支給了鳳姐兒罷。王夫人道留
着給寶丫頭帶了罷。又想着他們。薛姨媽道。姨娘不知寶丫頭
古怪呢。他從来不要這些花兒粉兒的。說着周瑞家的拏了匣

四

子走出房門。見金釧兒仍在那裡晒日陽兒呢。周瑞家的因問、
那香菱小丫頭子。可就是常說臨上京時買的。為他打人命官
司的那丫頭子。金釧道可不就是。正說着只見香菱笑嘻嘻的
走來。周瑞家的便拉了他手。細細的看了一回。因向金釧兒笑
道。倒好個模樣兒。有些像偺們東府里蓉大奶奶的品格。金釧
笑道我也這麽說呢。周瑞家的又問香菱你幾歲投身到這里。
又問你父母今在何處。今年十幾歲了。本處是那裡人。香菱聽
問。都搖頭道不記得了。周瑞家的和金釧兒聽了。反為嘆息傷

感了一回。一時周瑞家的携了花匣。至王夫人正房後来。原来
近日賈母説孫女兒們太多了。一處擠着到不便宜。只留寶玉
黛玉二人在這邊解悶。却將迎探惜三人移到王夫人這邊房
後三間小抱厦内居住。令李紈陪伴照管。如今周瑞家的故順
路先往這里来。只見幾個小丫頭子都在抱厦内聽呼喚默坐。
迎春的丫環司棋。探春的丫环侍書。二人正掀簾子出来。手裡
都捧着茶盤茶鍾。周瑞家的便知他姊妹在一處坐着。隨進入
内房。只見迎春探春二人正在窓下下圍棋。周瑞家的將花送

五

上○說明原故○他二人忙住了棋○都欠身道謝○命丫環們收了○周瑞家的答應了○因說四姑娘在不在屋里○只怕在老太太那邊呢○丫環們道在那屋裡不是○周瑞家的聽了○便往這屋內来○只見惜春正仝水月菴即饅頭菴小姑子智能兒在一處頑耍○見周瑞家的進来○惜春便問他何事○周瑞家的便將花匣打開○說明原故○惜春笑道我這里正和智能兒說我明兒也剃了頭○仝他作姑子去呢○可巧又送了花兒来○若剃了頭○可把這花兒帶在那里○說着大家取笑一回○惜春命丫頭入畫来收了○周瑞家的

因問智能兒你是什麽時候来的。你師父那禿驢往那里去了。智能兒道我們一早就来了。我師父見了太太。就往于老爺府里去了。叫我在這里等他呢。周瑞家的又道十五的月例香供銀子。可得了没有。智能兒摇頭説不知道。惜春聽説。便問周瑞家的如今各廟裡月例銀是誰管著。周瑞家的道余信管着。惜春聽了笑道。這就是了。他師父一来了。余信家的就趕上來和他師父咕唧了半日。想是就為這一事了。那周瑞家的又和智能兒勞叨了一回。便往鳳姊處来。穿夾道從李紈後窓下過去。

越西花墻出。角門。進入鳳姐院中。走至堂屋。只見小丫頭豊兒坐在鳳姐的房門檻上。見周瑞家的来了。連忙擺手兒。叫他往東房里去。周瑞家的會意。慌的躡手躡脚的往東邊房里来。只見奶子正拍着大姐兒睡着呢。周瑞家的悄問奶子道。姐兒睡中覺呢。也改（該）請醒了。奶子搖頭兒。正問着只見那邊一陣笑声。却有賈璉聲音。接著房門响處。平兒拏著大銅盆出来。叫豊兒舀水進去。平兒便到這邊来了。一見了周瑞家的。便問你老人家又跑了来作什麽。周瑞家的便閅（忙）起身拏匣子與他說送花

一事。平兒聽了便打開匣子拏了四枝。轉身去了。半刻工夫手
裡又拏出兩枝来。先叫彩明来分咐他送到那邊府裡。給小蓉
奶奶帶去。次後方命周瑞家的回去道謝。周瑞家的忙(這纔往)閙賈母
那邊来。穿過穿堂。頂頭忽見了他女兒打扮著。纔從他婆家来。
周瑞家的忙問你這會子跑来做什麼。他女兒笑道。媽一向身
上好。我在家裡等了這半日。媽竟不出去。什麼事情忙的這樣
不回家。我等煩了。自己先到了老太太跟前請了安了。這回子
請太太的安去。媽還有不了的什麼差事。手裡是什麼東西。周

瑞家的笑道噯。今兒偏偏的來了個劉姥姥。我自己多事。為他
跑了半日。這會子又被姨太太看見了。叫送這個花兒與姑娘
奶奶們。這會子還沒送清白呢。你這會子跑來。一定有什麼事
情的。他女笑道你老人家到會猜。實對你老人家說。你女婿前
兒因多吃了兩盃酒。和人分爭。不知怎的被人放了一把邪火。
說他來歷不明。告到衙門里。要解遞還香（鄉）所以我來和你老人
家商議商議。尋個情分。求那一個可以了事。周瑞家的聽了道。
我就知道的。這有什麼大不了的。且家去。等我送了林姑娘的

花兒去了就回家來此時太太二奶奶都不得閒兒你囬去等
我這没甚（有）麽忙的他女兒聽如此說便囬去了還說媽好歹快
來周瑞家的道是了小人家没經過什麽事就急得你這樣了
說着便往黛玉房中去了誰知此時黛玉不在房中却在寳玉
房中姊妹（大家）兩人解九連環作戲周瑞家的進來笑道林姑娘姨
太太着我着（送）花兒與姑娘戴寳玉聽說先便說什麽花拏來給
我看看一面早伸手接過來了開匣看時原來是宫製堆紗新
巧的假花黛玉只就寳玉手中看了一看便問道還是單送一

個人的。還是別的姑娘們都有。周瑞家的道各房都有了。這兩枝是姑娘的了。黛玉笑道。我知道。別人不挑剩的不肯給我。周瑞家的聽了。一聲不言語。宝玉便道周姊姊你做什麽到那邉去了。周瑞家的道太太在那里。因向那邉囬話去了。遇着姨太太就順便叫我帶来了。寶玉道寶姐姐在家做什麽呢。怎的這幾日也不過来。周瑞家的道身上不大好呢。宝玉聽了便和丫頭説誰去瞧瞧。就説我和林姑娘不打發来問姨娘姐〻的安。什麽病吃什麽藥。論理我該親自来看的。就説纔從學裡囬来。也着了些凉。異日再親自来看罷。説着茜雪便答應去了。周瑞家的自去無話。原來這周瑞家的女婿。便是賈雨村的好友冷子興。近因賣古董和人打官私。故遣女人来討情分。周瑞家的仗着主子的勢頭。把這些事也不放在心上。晚間自求求鳳姐兒便完了。至掌灯時分。鳳姐已卸了粧。來見王夫人回説今兒甄家送了来東西。我已收了。偺們送他的。趂着他家有年下送鮮的船回去。一併都交給他們帶了去了。王夫人点頭。鳳姐又道臨安伯老太太生日的禮。以已經打点了。派誰送去。王夫人道你瞧

九

誰閒着。不管打發那四個女人去就完了。來當什麽正緊事問
我。鳳姐又笑道。今日珍大嫂來請我明日過去曠曠。明日到没
有什麽事。王夫人道没事有事。都害不着什麽。每常他來請有
我們。你自然不便意。他便既不請我們。單請你。可知是他誠心叫
你散淡散淡。别負了他的心。便有事。也該過去。總是鳳姐答應
了。當下李紈邀探等姊妹亦曾定省畢。各自歸房無話。次日鳳
姐梳洗了。先回王夫人畢。方來辭賈母。宝王聽了也要曠去。鳳
姐只得答應。立等換了衣服。姐兒兩個坐了車。一時進入寧府。

早有賈珍之妻尤氏○與賈蓉之妻秦氏○婆媳兩個引了多少姬
妾了環媳婦等○接出儀門○那尤氏一見了鳳姐○必先咲嘲一陣○
一手攜了寶玉○同入上房来歸坐○秦氏獻茶畢○鳳姐因說你們
請我作什麽○有什麽東西來孝敬○就獻上來○我還有事呢○尤氏
未及荅應話○地下幾個姬妾○先就笑說二奶奶今兒不来就罷○
既来了○就依不得二奶奶了○正說着只見賈蓉進來了請安○寶
玉因問大哥哥今日不在家麽○尤氏道出城請老爺安去了○又
道可是○你怪悶的也坐在這裡作什麽○何不去曠曠○秦氏笑道

十

今兒巧○上回寶叔叔立刻要見見我兄弟○他今兒也在這裡○想在書房裡呢○寶叔叔何不去瞧瞧○寶玉聽了○即便下炕要走○尤氏鳳姐都忙說好生着○忙什麼○一面便吩咐人好生小心跟着○別委曲着他○到比不得跟了老太太過來就罷了○鳳姐說道既這麼着○何不請進這秦小爺來○我也瞧瞧○難道我見不得他不成○尤氏笑道罷罷○可以不必見○比不得咱們家的孩子們○胡打海摔的慣了○人家的孩子都是斯斯文文慣了的○乍見你這破落戶○還被人笑話死了呢○鳳姊笑道普天下的人○我不笑話就

罷了。到叫這小孩子笑話不成。賈蓉笑道不是這話。他生的靦腆。沒見過大陣仗兒。嬸子見了沒的生氣。鳳姐啐道。他是哪吒。我也要見一見。别放你娘的屁了。再不帶去看。給你一頓好嘴巴子。賈蓉笑嘻嘻的說我不敢强。就帶他來。說着果然出去帶進一个小後生來。較寶玉畧瘦巧些。清眉秀目。粉面朱唇。身材俊俏。舉止風流。似在寶玉之上。只是怯怯羞羞。有女兒之態。靦腆含糊。便向鳳姐作揖問好。鳳姐喜的先推寶玉笑道。比下去了。便欠身一把手携了這孩子的手。就命他身傍坐了。慢慢問他年

十一

紀讀書等事。方知他學名喚秦鐘。早有鳳姐的了環媳婦們見
鳳姐初會秦鐘。並未備得表禮來。遂忙過那邊去告訴平兒。平
兒知道鳳姐與秦氏原密。雖是小後生家。亦不可太儉。遂自作
主意。拏了一疋尺頭。兩个狀元及第的小金錁子。交付與來人
送去。鳳姐猶笑說簡薄等語。秦氏等謝過。一時吃畢飯。尤氏鳳
姐秦氏等抹骨牌。不在話下。寶玉秦鐘二人。隨便起坐說話。那
寶玉自一見秦鐘人品。心中便如有所失。痴了半日。自己心中
又起了獃意。乃自思道天下竟有這等的人物。如今看來。我就

成了泥豬癩狗了。可恨我為什麼生在侯門公府之中。若要是也生在寒儒薄宦之中。早得與他交接。也不枉生了一世。若既如此比他尊貴。可知綉綿紗羅。也不過裹了我這根死木。美酒羊羔。也只不過填了我這糞窟泥溝。富貴二字。不料遭我塗毒。秦鐘自見了寶玉形容出衆。舉止不浮。更兼金冠繡服。嬌婢侈童。秦鐘心中亦自思道。果然這寶玉。怨不得人心溺愛他。可恨我偏生于清寒之家。不能與他耳鬢交接。可之（知）貧寒二字限人。亦世間之大不快事。二人一 樣胡思亂想。忽又寶玉問他讀什

麽書。秦鐘見問。便實而答之。二人你言我語。十來句後。越發親密
起來。一時擺上茶菓。吃茶。寶玉便說我們兩個又不吃酒。把菓
子擺在裡間小炕上。我們那裡坐去。省得鬧你們。于是二人進
裡間来吃茶。秦氏一面張羅與鳳姐擺酒菓。一面忙進來囑寶
玉道。寶叔叔。你姪兒倘或言語不妨頭。你千萬看着我。不要理
他。他雖腼腆。却性子左強。不大隨和些。是有的。寶玉笑道。你去
罷。我知道了。秦氏囑付了他兄弟一回。方去陪鳳姐。一時鳳姐
尤氏又打發人来問寶玉要吃什麽。外面有。只管要去。寶玉只

荅應着。也無心在飲食上。只問秦鍾近日家務等事。秦鍾因說業師于去年病故。家父又老邁。殘疾在身。公務繁冗。因此尚未講及延師一事。目下不過在家温習舊課而已。再讀書一事。必須有一二知已為伴。時常大家討論。纔能進益。寶玉不待說完。便荅道正是呢。我們家却有一個家塾。合族中有不能延師的。便可入塾讀書。子弟們中亦有親戚在內。可以附讀。我因業師又回家去了。也現在荒癈着。家父之意。亦欲送我去温習舊書。待明年業師一上來。再各自在家讀書亦可。家祖母因說一則家學裡子弟太多。生恐大家淘氣。反為不好。二則因我病了幾天。遂且暫担擱着。如此說來。尊翁如今也為此事懸心。今日回去何不禀明。就往我們敝塾中來。我亦相伴。彼此有益。豈不是好事。秦鐘笑道家父前日在家提起延師一事。也曾提起這里的義學到好。原要來和這親翁商議引薦。因這里事忙。不便為這点小事來聒絮的。寶叔果然度小姪或可磨墨滌硯。何不速速的作成。又彼此不至荒廢。又可以常相談聚。又可以慰父母之心。又可以得朋友之樂。豈不是美事。寶玉道放心放心。倘們回來先告訴你姊丈姊姊和璉二嫂子。你今日回家稟明令尊。我回去再回明家祖母。無不速成之理的。二人計議已定。那天氣也是掌燈時候。出來又看他們頑了一回牌。算賬時却又秦氏尤氏二人輸了戲酒的東道。言明後日吃這東道。一面又吃晚飯。飯畢因天氣黑了。尤氏因說先派兩個小孩子送了這秦相公家去。媳婦們傳了出去半日。秦鐘告辭起身。尤氏問派了誰送去。媳婦們回說外頭派了焦大。誰知焦大醉了又罵呢。尤氏秦氏都說道偏又派他作什麽。放着些小子們。是那一個派不得偏要惹他鳳姐道我成日在家說你太軟弱了些縱放的家里人這樣還了得呢尤氏歎道你難道不知這焦大的連老爺都不理他你珍大哥哥也不理他只因他從小兒時跟着太爺們出過三四次兵從死人堆裡把太爺背了出來得命自已挨着餓卻偷了東西來給主子吃兩日沒得水得了半碗水給主子喝他自己喝馬溺不過仗着這功勞情分有祖宗時都另眼相待如今誰肯難為他去他自己又老了又不顧體面一味的喫酒一吃醉了無人不罵我常說給管事的不要派他差

事。全當一個死的就完了。今兒又派了他。鳳姐道我何常不知
這焦大。到是你們沒主意。有這樣的何不打發他遠遠的庄子
上去就完了。說着因問我們的車可齊備了。地下衆人都應道
伺候齊了。鳳姐亦起身告辭。和寶玉携手同行。尤氏等送至大
廳。只見燈燭輝煌。衆小子都在丹墀下侍立。那焦大又恃賈珍
不在家。即在亦不好怎樣。更可以恣意洒落洒落。因趂着酒興
先罵大總管賴大。說他不公道。欺軟怕硬。有了好差事就派別
人。像這樣深更半夜送人的事。就派着我了。沒良心的忘八羔

子○瞎充管家○你也不想想焦大太爺○蹺起一隻脚○比你頭還
高呢○二十年頭裡的焦大太爺眼裡有誰○别説你們這一把子
雜種忘八羔子們○正罵的高興上○賈蓉送鳳姐的車來○衆人喝
他不聽○賈蓉忍不住便罵了他兩句○使人綑起來○等明日酒醒
了問他○還尋死不尋死了○那焦大那裡把賈蓉放在眼裡○反大
叫起來○赶着賈蓉叫蓉哥兒○你别在焦大跟前使主子性兒○别
説你這樣兒的○就是你爹你爺○也不敢和焦大挺腰子呢○不是
焦大一个人○你們作官兒享榮華受富貴○你祖宗九死一生○掙

下這个家業。到如今不報我的恩。反和我充起主子來了。不和
我說別的還。可若再說別的。偺們白刀子進去。紅刀子出來。鳳
姐在車上說于賈蓉以後還不早打發了。這沒王法的東西。留
在這裡。豈不是禍害。倘或親友知道了。豈不笑話。偺們這樣的人
家。連个規矩王法都沒有。賈蓉答應是。衆小廝見他太撒野不
堪了。只得上去幾个揪番綑倒。拖往馬圈裡去。焦大亦發連賈
珍都說出來了。亂嚷亂吽。我要往祠堂裡哭太爺去。那裡承望
到如今生下這些畜生來。每日家偷狗戲鷄。爬灰的爬灰。養小

叔子的養小叔子。我什麼不知道。偺們肐膊折了往袖子藏。衆小廝聽他説出沒天日的話来。唬的魂飛魄散。也不顧別的了。便把他綑起来。用土和馬糞滿滿的填了他一嘴。鳳姐賈蓉等也遙遙的聞得。便都粧作不聽見。寶玉在車上見這般醉鬧。到也有趣。因問鳳姐道。姊姊你聽見爬灰的爬灰。什麼是爬灰。鳳姐聽了。連忙立眉嗔目。斷喝道胡説。那是滿嘴裡混唚。你是什麼樣人。不説不聽見。還道細問。等我回了太太。仔細搥你不搥你。唬的寶玉連忙央告。姐姐我再不敢了。鳳姐道這纔是呢。等

回去偺們回了老太太。打發你學裡念書去要緊。說着自回榮府而來。要知下回。且看第八卷。正是

得意濃時易接濟。受恩深處勝親朋。

紅樓夢第八回

薛寶釵小宴梨香院　賈寶玉逞醉絳雲軒

話說鳳姐和寶玉回家。見過衆人。寶玉先便回明賈母秦鐘要上家塾之事。自己也有了个伴讀的朋友。正好發奮。又着實的稱讚秦鐘的人品行事。最使人憐愛。鳳姐又在一旁幫着。說過日他還來拜見老祖宗等語。說的賈母喜悅起來。鳳姐又趁勢請賈母後日過去看戲。賈母雖年高。却極有興頭。至後日又有尤氏等請。遂携了王夫人林黛玉寶玉等過去看戲。至晌午。賈母便回来歇息了○王夫人本是好清淨的○見賈母回来也就回来了○然後鳳姐坐了首席○盡歡至晚無話○却説寶玉因送賈母回来○待賈母歇息了中覺○意欲還去看戲取樂○又恐擾的秦氏等不便○因想近日薛寶釵在家養病○未去親候○意欲望他一望○若從上房後角門過去○又恐遇見別事纏繞○再或可巧遇見他父親○更為不便○寧可遠遠路罷了○當下衆媽媽了環伺候他換衣服○見他不換○仍出二門去了○衆媽媽小了環只得跟隨出来○還只當他去府中看戲○誰知到了穿堂○便向東北遶過廳後而

去。偏頂頭遇見了門下的清客相公詹光单聘仁二人走來。一
見了寶玉。便都笑着赶上來。一个抱住腰。一个携着手。都道我
的菩薩哥兒。我說作了好夢了呢。好容易得遇見了你。請了安
又問好。勞叨半日。方纔走開。老媽媽叫住因問你二位爺是在
老爺跟前來的不是。他二人點頭。老爺在夢坡齋小書房裡歇
中覺呢。不妨事的。一面說一面走了。說的寶玉也笑了。于是轉
灣向北奔梨香院來。可巧銀庫房總領名叫吳新登。與倉上的
頭目名戴良。還有幾個管事的頭目。共有七八個人。從賬房裡

二

出來。一見了寶玉。赶過来都一齊垂手站立。獨有一個買办名喚錢華的。因他多日未見寶玉。忙上来打千兒請安。寶玉忙含笑携他起来。衆人都笑說前兒在那里看見二爺寫的斗方兒。字法越發好了。多早晚賞我們幾張貼貼。寶玉笑道在那裡看見了。衆人道好幾處都有。稱讚的了不得。還和我們尋呢。寶玉笑道不值什麽。你們說給我的小么兒們就是了。一面前走。衆人待他過去。方各自散了。閑言少述。且說寶玉來至梨香院中。入薛姨媽室中。正見薛姨媽打點針黹與丫環們呢。寶玉忙請了

了安。薛姨媽忙一把拉(准)了他。抱入懷中。笑道這広冷天。我的兒
難為你想着來。快上炕去坐着罷。命人到滾滾的茶來。寶玉因
問哥哥不在家。薛姨媽嘆道他是沒龍頭的馬。天天瞞不了。那里
肯在家一日。寶玉道姐姐可大安了。薛媽(姨)媽道可是呢。你前兒
又想着打發人來瞧他。他在里間呢。你去瞧瞧他去。里間比這
里暖和。那里坐着罷。我收拾收拾。就進來和你說話兒。寶玉聽
說忙下炕來。至里間門前。只見吊着半舊的紅紬軟簾。寶玉掀
簾一步進去。先就看見薛寶釵坐在炕上作針線。頭上挽着漆

三

黑油光的髻兒。穿蜜合色的綿袄。玫瑰紫的二色金銀鼠比肩褂。葱黄綾綿裙。一色半新不舊。看來不覺奢華。唇不點而紅。眉不畫而翠。臉若銀盆。眼如水杏。罕言寡語。人謂藏愚。安分隨時。自云守拙。寶玉一面看。一面問姐姐可大愈了。寶釵抬頭只見寶玉進來。連忙起身含笑答説已經大好了。到多謝你記掛着。説着讓他在炕上坐了。命鶯兒倒茶來。一面又問老太太姨娘安。別的姐妹們都好。一面看寶玉頭上帶着纍絲嵌寶紫金冠。額上勒着二龍搶珠金抹額。身上穿着秋香色坐蟒白狐腋箭袖。花腰繫着五色蝴蝶赤金絛。項上掛着長命鎖。記名符。另外有那一塊落草時啣下來的寶玉。寶釵因笑說道成日在家說你這玉。究竟未曾細細的賞鑒。我今兒到瞧瞧。說着便挪近前來。寶玉亦湊了上去。從項上摘下來遞在寶釵手中。寶釵托在掌上。只見大如雀卵。燿若明霞。瑩潤如酥。五色花紋纏護。這就是大荒山中青埂峯下的那塊補天剩下的石頭幻相。後人曾詩嘲云。

女媧煉石已荒唐。

又向荒唐演大荒。

四

失去幽靈真境界。幻來權就假皮囊。

好知運敗金無彩。堪嘆時乖玉不光。

白骨如山忘姓氏。無非公子與紅粧。

那頑石亦曾記下他這幻相。並癩僧所鐫的篆文。今亦按圖畫於後。但其真體最小。方從胎中小兒口中啣下。今若按其體畫。恐字跡過於微細。使觀者太費眼光。亦非暢事。故今只按其形式。無非畧展放些規矩。使觀者便于燈下醉中可閱。今註明此故。方無胎中之兒口有多大。怎得啣此狼犺蠢大之物等語之謗。

通靈寶玉正面圖式

通靈寶玉

莫失莫忘

反面圖式

仙壽恒昌

一除邪祟

二療冤疾

三知禍福

五

寶釵看畢。又從翻過正面来細看。口内念道莫失莫忘。仙壽恒昌。念了兩遍。乃回頭向鶯兒笑道。你不到茶去。也在這里發獃作什庅。鶯兒嘻嘻咲道。我聽這兩句話。到像和姑娘的項圈上的兩句話是一對兒。寶玉聽了忙笑道。姐姐那項圈上也有八個字。我也賞鑒賞鑒。寶釵道你别信他的話。沒有什庅字。寶玉笑道。好姐姐你怎麼瞧我的呢。寶釵被纏不過。因說道也是人給了兩句吉利話兒。所以勤在金項圈上了。叫天天帶着。不然沉甸甸的有什麽趣兒。一面說一面解了排扣。從里面大紅袄上。将那珠寶晶瑩。黃金燦爛的瓔珞掏將出來。寶玉忙托了鎖看時。果然一面有四個篆字。兩面八個。共成兩句吉讖。亦曾按式畫下形相。

正面式

不離不棄

反面式

芳齡永繼

六

寶玉看了他的。也念了兩遍。又念自己的兩遍。因笑問姐姐的
這八個字。倒真與我的是一對。鶯兒笑說是個癩頭和尚送的。
他說必須鏨在金器上。寶釵不待他說完。便嗔他不去倒茶。一
面又問從那里來。寶玉此時與寶釵就近。只聞一陣陣涼森森
甜絲絲的幽香。竟不知從何處來的。遂問姐姐燻的是什庅香。
我竟從未聞見過這味。寶釵笑道我最怕燻香。好好的衣服。燻
的烟燎之氣的。寶玉道既如此。這是什庅香。寶釵想了一想。笑
道是了。是我早起吃了丸藥的香氣未散呢。寶玉笑道什麼藥。

這広好聞。姐姐給我一丸嚐嚐。寶釵笑道又混鬧了。一個藥也是混吃的。一語未了。忽聽外面人說林姑娘来了。說猶未了。林黛玉已搖搖的走了進来。一見了寶玉。便笑道噯喲。我来的不巧了。寶玉等忙起身笑讓坐。寶釵因笑道這話怎広說。黛玉笑道早知他來。我就不來了。寶釵道更不解這意。黛玉笑道要来時一羣都來。要不来。一個也不來。今見他来了。明見我再來。如此間錯開来着。豈不天天有人来。也不至于太冷落。也不至於太熱鬧了。姐姐如何不解這意思。寶玉因見他外面罩着大紅羽緞對衿褂子。因問下雪了麼。地下婆子們道下了這半日雪珠兒了。寶玉道取了我的斗篷來了不曾。黛玉道是不是。我來了他就該去了。寶玉笑道我多早晚說要去了。不過拏來預備着。寶玉的奶娘李媽媽因說天又下雪了。好早晚的了就在這里同姐姐妹妹一處頑頑罷。姨娘在那里擺茶菓子呢。我教了丫頭去取斗篷來。說給小子們散了罷。寶玉應允。李媽媽出去命小廝們都各散去不提。這里薛姨媽已擺了幾樣細巧茶菓與他們吃茶。寶玉因誇前日在那府里珍大嫂子的好鵞掌鴨信。

薛姨媽聽了。忙也把自己糟的取了些来與他嚐嚐。寶玉笑道這個須得就着酒吃纔好。薛姨媽便命人灌了最上等的酒来。李媽媽便上来道。姨太太酒倒罷了。寶玉笑央道媽媽我只吃一鐘。李媽媽道不中用。當着老太太那怕吽你吃一罈呢。想那日我眼錯不見。一會子不知是那一個没調教的。圖討你的好兒。不管人的死活。給了你一口酒吃。葬送了我挨了兩日的罵。姨太太不知道他性子又可惡。吃了酒更弄性。有一日老太太高興了。又儘他吃。什庅日子又不許他吃酒。我是白陪在里頭

八

挨罵○薛姨媽笑道老貨○你只管放心○你們哥兒吃多了回去○老

太太問時○有我呢○一面說○便命小丫環來讓你媽媽們去也吃

一杯○搪搪雪氣○那李媽媽聽如此說○只得和衆人且去吃些酒

水○這里寶玉又說不必溫熱了○我只管吃冷的○薛姨媽忙道這

可使不得○吃了冷酒寫字手要打颭兒的○寶釵笑道兄弟虧你

每日家雜學傍收的○難道就不知道酒性最熱○若熱吃下去○發

散就快○若冷吃下去○便凝結在內○以五臟去暖他○豈不受害○從

此快不要吃那冷酒了○寶玉聽這話說得有情理○放下冷的○命

暖來方飲。黛玉磕着瓜子兒。只抿着嘴笑。可巧黛玉的小丫環雪雁見走來與黛玉送小手爐。黛玉含笑問他誰叫你送來的。難為他費心。那里就凍死我了。雪雁道紫鵑姐姐怕姑娘冷。使我送來的。黛玉一面接来抱在懷中。笑道也虧你倒聽他說。我平日和你說的。全當耳傍風。怎庅他說了你就依他。比聖旨還遵些。寶玉聽了這話。知是黛玉借此奚落他的。也無回護之詞。只嘻嘻的笑兩陣罷了。寶釵素知黛玉是如此慣了的。也不去採他。薛姨媽道你素日身子弱。禁不得冷的。他們記掛着你倒

九

不好黛玉笑道姨娘不知道幸虧是姨娘這里倘或在別人家
里人家豈不要惱就看的人家連手爐也沒有巴巴的從家里
送來不說了（丫）頭們太小心過手（頭）還只當我素日是這等狂慣了
呢薛姨媽道你是個多心的也有這樣一想我就沒這心了說
說話時寶玉已是三杯過去了李媽媽又上來攔（攔）阻寶玉正在高
興之時和寶釵黛玉姐妹說說笑笑的那肯不吃只得屈意央
告媽媽我再吃兩鍾就不吃了李媽媽道你可仔細老爺今日
在家呢隄防問你的書寶玉聽了此話便心中大不自在慢慢

的放下酒杯。垂了頭。黛玉先忙就説別掃大家的興。舅舅若叫你。只説姨娘留着呢。這個媽媽他吃了酒。又拿我們來醒脾了。一面悄悄的推寶玉。使他賭氣。一面悄悄的咕噥説別理那老貨。偺們只管樂偺們的。那李媽媽也素知黛玉的。因説道林姐兒你不要助着他了。你倒勸勸他。只怕他還聽些。林黛玉冷笑道我為什庅助他。我也不犯着助他。我也不犯着勸他。你這媽媽太小心了。往常老太太又給他酒吃。如今在姨太太這里多吃一杯。料也不妨事。又言姨太太這里況又不常在這里的。你

十

必要啻着。想是怕姨太太這里慣壞了他。也未可知。李媽媽聽
了。又是急。又是笑。説道真真這林姐兒。説出一句話來。比刀子
還尖呢。你這筭什庅。寶釵也忍不住笑着。把黛玉腮上一擰。説
道真真這個顰了頭的一張嘴。叫人惱不是。喜歡又不是。薛姨
媽一面又説別怕別怕。我的兒。来了這里沒好的你吃。別把着
點子東西唏的存在心里。倒叫我不安。只啻放心吃。都有我呢。
越發吃了晚飯去。便醉了就跟着我睡罷。因命再盪熱酒來。姨
媽陪你吃兩杯。可就吃飯罷。寶玉聽了。方又鼓起興來。李媽媽

因吩咐小丫頭們。你們在這里小心着。我家去換了衣服就來。悄悄的回姨太太别由他的性。多給他吃。說着便家去了。這里雖還有三兩個婆子。都是不関痛癢的。見李媽媽走了。也都悄悄的自尋方便去了。只剩下兩個小丫頭子們。樂得討寶玉的歡喜。幸而薛姨媽千哄萬哄的。只容他吃幾盃就忙收過了。作了酸笋雞皮湯來。寶玉痛喝了兩碗湯。吃了半碗碧粳粥。一時薛林二人也吃完了飯。又釅釅的潗上茶來。大家吃了。薛姨媽放了心。雪雁等三四個丫頭已吃了飯。進來伺候。黛玉因問寶

十一

玉道你走不走。寶玉乜斜倦眼道。你要走我和你一同走。黛玉
聽了遂起身道。偺們來了這一回子。也該回去了。還不知那邊
怎麽找偺們呢。説着二人便告辭。小丫頭忙捧過那一件斗笠
來。寶玉略把頭低一低。命他帶上。那丫頭便將這大紅猩毡斗
笠一抖。纔往寶玉頭上一合。寶玉便説罷罷。好蠢才。你也輕些
見。難道沒見過別人帶過的。讓我自已帶罷。黛玉站在炕沿上
道。囉唆什麽。過來我瞧瞧罷。寶玉忙就進前來。黛玉用手整理。
輕輕籠住束髮冠。將笠沿掖在抹額之上。那一顆核桃大的絳

絨簪纓扶起。顫巍巍露于笠外。整理已畢。端像了端像。說道好了。披上斗蓬罷。寶玉聽了方要了斗蓬披上。薛姨媽忙道。跟你們的媽媽還都没有來呢。且畧等等不好麽。寶玉道我們倒去等他們。有了丫頭們跟着也勾了。薛姨媽不放心。倒底命兩個婦人跟隨他兄妹方罷。他二人又道了擾。一逕回至賈母房中。賈母上來用晚飯。知是薛姨媽處來。更加歡喜。因見寶玉吃了酒了。遂命他自回房中去歇着。不許再出来了。因命人好生看待着。忽想起跟寶玉的人來。遂問衆人李媽子怎麽不見。衆人不敢直說家去了。只說纔進来的。想是有事出去了。寶玉踉蹌回顧道。他比老太太還受用呢。問他作什庅。沒有他只怕我還多活兩日。一面說一面來至自已卧房。只見筆硯在案。晴雯先接出來笑說道。好好兒叫我研了那些墨。早起高興只寫了三個字。丢了筆就走了。哄的我們等了一日。快來給我寫完這些墨纔罷呢。寶玉忽然想起的這事來。因笑道我寫的那三個字在那里呢。晴雯笑道、這個人可醉了。你頭里過那府里去。就吩咐我粘在這門斗上。這會子又這庅問我。生怕别人貼壞了。我親自

爬高上梯的貼上。這會還凍的手僵冷的呢。寶玉听了笑道我
忘了。你的手冷。我替你渥着。說着便伸手携了晴雯的手。同仰
首看那門斗上新書的三個字。一時黛玉來了。寶玉見了黛玉。
便笑道妹妹你別撒謊。你看這三個字那一個好。黛玉仰頭看
里間門斗上新貼了三個字。寫着絳芸(雲)軒。黛玉笑道這個個都
好。怎庅寫的這庅好了。明兒也替我寫一個匾。寶玉嘻嘻的笑
道又哄我呢。說着又見襲人合衣睡着在那里。寶玉笑道好太
渥早了些。因又問晴雯道。今兒我那府里吃早飯有一碟子豆

十三

腐皮的包子。我想着你愛吃。和珍大奶奶說了。只說我留着晚上吃。叫人送過来的。你可吃了。晴雯道快别提。一送了来。我就知道是我的。偏我纔吃了飯。就擱在那里。後來李媽媽來了。看見了說寶玉未必吃了。拏来給我孫子吃去罷。他就叫人拏了家去了。接着茜雪捧上茶來。寶玉因讓林妹妹吃茶。衆人笑說林妹妹早走了。還讓呢。寶玉吃了半碗茶。忽又想起早起的茶來。因問茜雪道早起潗了一碗楓露茶。我說過那茶三四次後纔出色的。這會子怎麽又潗了這個茶來。茜雪道我原是留着的。那會子李媽媽來了。他要嚐嚐。就給他吃了。寶玉聽了。將手中的茶杯。只順手往下一擲。豁啷啷一聲打了個虀粉。潑了茜雪一裙子的茶。又跳起問着茜雪道。是你那一們子的奶奶。你們這麼孝敬他。不過仗着我小時候吃過他幾日奶罷了。白白養着這個祖宗作什広。快攆了出去。大家干浄。說着立刻便要去回賈母攆他乳母。原來襲人實未睡着。不過故意粧睡。引寶玉來謳他頑耍。先聞得說只問包子等事。也還可不必起來。後來摔了茶鍾動了氣。遂連忙起來解釋勸阻。早有賈母遣人來問是

怎庅了○襲人忙道我纔倒茶來○被雪滑倒了○失手砸了鍾子○一
面又安慰寶玉道○你立意要攆他也○好○我們也都愿意出去○不
如趂勢連我們一齊攆了罷○我們也好○你也不愁再有好的來
伏侍你○寶玉聽了這話○方無了言語○被襲人等扶至炕上○脫換
了衣服○不知寶玉口内還說些什庅○只覺口齒綿纒○眼眉愈加
餳澁○忙伏侍他睡下○襲人伸手從他頭上摘了那通灵玉來○用
自己的手帕包好○塞在褥下○次日帶時○便氷不着脖子○那寶
玉就枕睡着了○彼時李媽媽等已進來了○聽見醉了○不敢前來

再加觸犯○只等着打聽睡了○方放心散去○次日醒來○就有人同
那邊小蓉大爺帶來秦相公來拜○寶玉忙接了出去○領了相見
賈母○賈母見秦鐘形容標致○舉止溫柔○堪陪寶玉讀書○心中十
分歡喜○便留飯○又命人帶去見王夫人等○衆人因素日愛秦氏○
今見了秦鐘是這般的人品○也都歡喜○臨去時都有表禮○賈○母
又與了一個荷包○並一個金魁星○命（取）文星和合之意○又囑咐道
你家住的遠○或一時寒熱饑飽不便○只管住在我這里○不必限
定了○只和你寶叔叔在一處○别跟着那起不長進的東西們學○

十五

秦鍾一一荅應。回去稟知他父親秦業。這秦業係現任工部營繕司郎中。年将七十。夫人早亡。因當年無兒女。便向養生堂抱了一個兒子。並一個女兒。誰知兒子又死了。只剩下女兒小名喚可兒。長大時生得形容嫋娜。性格風流。因素與賈家有些瓜葛。故結了親。許與賈蓉為妻。那秦業至五旬之上。方得了秦鍾。因去年業師亡故。未暇延請高名之士。只暫在家温習舊課。正思要和親家去商議。送往他家塾中去。暫且不致荒廢。可巧遇見寶玉這個機會。又知賈家塾中現今司塾的是賈代儒。乃當今之老儒。秦鍾此去。學業料必進益。成名可望。因此十分喜悅。
只是宮囊羞澁。那賈家上上下下都是一双富貴眼睛。容易拏
不出。然兒子的終身大事。說不得東併西湊的。恭恭敬敬的封
了二十四兩贄見禮。親身帶了秦鍾來至代儒家拜見了。然後
聽寶玉上學之日。好一同入塾。要知端的。下回分解。

早知日後閒爭氣。豈有今朝

紅樓夢第九回

戀風流情友入學堂　起嫌疑頑童鬧家塾

話説秦業父子專候賈家的人来送上學○原来寶玉急於要和秦鐘相遇○却顧不得别的○遂擇了後日一定上學○後日一早請秦相公先到我這裏會齊了○一同前去○打發人送了信○至日一蚤寶玉起来時○襲人早已把書筆文物包好○收拾的停停妥妥○坐在炕沿上發悶○見寶玉醒来○只得伏侍他梳洗○寶玉見他悶悶的○因笑問道好姐姐○你怎麼又不自在了○難道怪我上學去○

一

丢的你們冷清了不成。襲人笑道這是那裏話。讀書是極好的事。不然就潦倒一輩。終究怎麽樣呢。但只一件。只是念書的時節想着書。不念的時節想着家些。別和他們一處頑鬧。碰見老爺不是頑的。雖說是奮志要强。那工課寧可少些。一則貪多嚼不爛。二則身子也要保重。這就是我的意思。你可要體諒。襲人說一句。寶玉應一句。襲人又道大毛衣服。我也包好了。交給小子們去了。學裡好歹想着添換。比不得家裏有人照顧。脚爐手爐的炭。也交出去了。你可逼着他們添。那一起懶賊。你不說他們樂得不動。白凍壞了你。寶玉道你放心。出外頭我自已都會調停的。你們也不可悶死在屋裡。長和林妹妹一處去頑笑纔好。說着俱已穿帶齊備。襲人催他去見賈母。寶玉且又囑咐了晴雯麝月等人幾句。方出來見賈母。賈母也未免有幾句囑咐他的話。然後見王夫人。又出來書房中見賈政。偏生這日賈政回家的早。正在房中與相公清客們閒話。忽見寶玉進來請安。回話上學裏去。賈政冷笑道你如果再提上學兩个字。連我也羞死了。我這地靠髒了我的。衆清客相公們都早起身笑道。老世翁何必又如此。今日世兄一去。三二年就可顯身成名的了。斷不似往年仍作小兒之態的。天也將飯時了。世兄竟快請罷。說着便有兩个年老的携了寶玉出去。賈政因問跟寶玉的是誰。只聽外面荅應了兩聲。早進了三四个大漢打千兒請安。賈政看時。認得寶玉的奶母之子名喚李貴的。因向他道你們成日家跟他上學。他倒底念了些什麽書。倒念了些流言混話在肚子裏。等我閒一閒。先揭了你的皮。再和那不長進的算賬。嚇得李貴雙膝跪下。摘了帽子磞頭有聲。連連荅應是。又回說哥兒已念到第三本詩經。什麽呦呦鹿鳴。荷葉浮萍。小的不敢撒謊。說的滿座閧然大笑起來。賈政也掌不住笑了。因說道那怕再念三十本詩經。也都是掩耳偷鈴。哄人而已。你去請學裏太爺的安。就說我說了。什麽詩經古文。一槩不用虛應故事。只是先把四書一齊講明背熟。是最要緊的。李貴忙荅應是。見賈政無話。方退了出來。此時寶玉獨站在院外。屏聲靜候。待他們出來。便忙忙的走了。李貴等一面彈衣。一面說道哥兒可聽了不曾。先要揭我們的皮呢。人家的奴才跟主子賺些好體面。我們這等奴才。白賠着挨打受罵的。從此後也可憐見些纔好。寶玉笑道好哥哥你别委屈。我明兒請你。李貴道小祖宗。誰敢望請只求聽一兩句話就有了。說着又到賈母這邊。秦鍾已早来等候了。賈母正和他說話兒呢。于是二人見過。辭了賈母。寶玉忽想起辭黛玉。又忙至黛玉房中来作辭。彼時黛玉纔在窗下對鏡理妝。聽寶玉辭上學去。因笑道好。這一去可是蟾宮折桂了。我不能送送你了。寶玉道好妹妹等我下了學再喫飯。那胭脂膏子。也等我来再製。嘮叨了半日。方撤身去了。黛玉忙又叫住問道。你怎麽不去辭辭你寶姐姐來。寶玉笑而不答。一竟同秦鍾上學去了。原来賈家之義學。離此也不甚遠。不過一里之遥。原係當日始祖所立。族中有官爵之人。皆有供給銀兩。按俸之多寡幫任為學中之費。特舉年高有德之人為塾堂〔師〕。專為訓課子弟。如今寶秦二人来了。一一的互相拜見過。讀起書来。自此後二人同来同往。同坐同起。愈加親密。又兼賈母愛惜。也時常留下秦鍾。住上三天五夜。和自己的重孫一般疼愛。因見秦鍾家不甚寬裕。更有助些衣履等物。不上一月之大。秦鍾在榮府

四

慣熟了。寶玉終是一個不能安分守理之人。一味的隨心所欲。因此又發了癖性。又時向秦鍾悄說咱們兩个人一樣年紀。又況同窗。以後不必論叔姪。只論弟兄朋友就是了。先是秦鍾不肯。當不得寶玉不從。只叫他兄弟。或叫他表字鯨卿。也只得混着亂叫起來。原來這學中雖都是本族人口。與些親戚的子弟。俗語說的好。一龍生九種。種種各別。未免人多了。就有龍蛇混雜。襍了下流人物在內。自寶秦二人來了。都生的花朵兒一般的模樣。又見秦鍾靦腆溫柔。未語先紅面。怯怯羞羞。有女兒之風。

寶玉又是天生成慣能作小服低。陪身下氣。性情體貼。語話纏綿。因此二人又這般親厚。也怨不得那起同窗人起了嫌疑之念。背地裏你言我語。詬誶謠諑。布滿書房內外。原来薛蟠自来王夫人處住後。便知有一家學。學中廣有青年子弟。不免偶動了龍陽之興。因此也假說来上學讀書。不過是三日打魚。兩日晒網。白送些束脩禮物與賈代儒。却不曾有一些進益。只圖結交些契弟。誰想這學內就有了好幾個小學生。圖了薛蟠的銀錢喫穿。被他哄上手的。也不消多說。更有兩個多情的小學生。

五

亦不知是那一方的親眷。亦未考真名姓。只因生得妍媚風流。
滿學中都送了他兩外號。一號香憐。一號玉愛。雖都有竊慕之
意。將不利于孺子之心。只是都懼怕薛蟠的威勢。不敢来沾惹。
如今寶秦二人一来了。見了他兩個。也不免繾綣羨愛。亦因知
係薛蟠相知。故未敢輕舉妄動。香玉二人心中。也一般的留情
於寶秦。因此四人心中雖有情意。只未發迹。每日一入學中。四
處各坐。却八目勾留。或設言托意。或咏桑寓（哦）柳。遥以心照。却外
面自為避人眼目。不意偏又有幾個猾賊看出形跡来。都背後

擠眼弄眉。或咳嗽揚聲。這也非止一日。可巧這日代儒有事。早已回家去了。只留下一句七言對聯。命學生對了。明日再來上書。將學中之事。又命長孫賈瑞掌管。妙在薛蟠如今不大來學中應卯了。因此秦鍾趁此和香憐擠眉弄眼。便暗號二人假粧出小恭。走至後院說梯己話。秦鍾先問他你們家裡的大人可管你交朋友不管。一語未了。只聽得後面咳嗽了一聲。二人嚇得忙回頭。原來是窗友名金榮者。香憐本有些心虛。便羞怒相激。問他道你咳嗽什麼。難道不許我們說話不成。金榮笑道。許你們說話。難道不許我咳嗽不成。我只問你們有話不明說。你們這鬼鬼祟祟的幹什麽故事。我可也拿住了。還賴什麽。先得讓我抽個頭兒。咱們一聲兒不言語。不然大家就嚷起來。秦香二人急的飛紅的臉。便問道你拿住什麽了。金榮笑道我現拿住了是真的。說着又拍手笑嚷道。貼的好燒餅。你們都不買一個喫去。秦鍾香憐二人又氣又急。忙進向賈瑞前告金榮無故欺負他兩个。原来這賈瑞是個圖便宜無行止的。又附助着薛蟠圖些銀錢酒肉。一任薛蟠横行霸道。他不但不曾約。反助紂

為虐討好兒○偏那薛蟠本是浮萍心性○今日愛東○明日愛西○迻
来又有了新朋友○把香玉二人又丢開一邊○就是金榮亦是當
日的好友○自有了香玉二人○見棄了金榮○近日連香玉亦已見
棄○故賈瑞也無了提攜幇襯之人○不說薛蟠得新棄舊○只怨香
玉二人不在薛蟠前提攜了○因此賈瑞金榮等一千人○也正醋
妒他兩個○今見秦香二人来告金榮○賈瑞心中便更自在起来○
雖不好呵叱秦鍾○却拿着香憐發作○反說他多事○着實搶白了
幾句○香憐討了無趣○連秦鍾也訕訕的各歸坐位去了○金榮越

七

發得了意。搖頭咂嘴的。口内還說許多閒話。寶玉聽了偏又不忿。兩个人隔座咕咕唧唧的角起口来。金榮只一口咬定說方纔明明的撞見他兩個在後院子裏親嘴摸屁股。兩个商議定了。一對一肏。撅草棍兒抽長抽短。誰長誰先来。金榮只顧得志亂說。却不防還有别人。誰知早又觸怒了一个。你道這一个是誰。原来這一個名喚賈薔。亦係寧府中之正派元孫。父母蚤亡。從小兒跟着賈珍過活。如今長了十六歲。比賈蓉生的風流俊俏。他弟兄二人最相親厚。常相共處。寧府中人多口雜。那些不

得志的奴僕們。嵩能造言誹謗主人。因此不知又有了什麽小
人詬誶謠諑之詞。賈珍想亦風聞得些口聲不大好。自己也要
避些嫌疑。如今竟分與房舍。命賈薔搬出寧府。自去立門戶過
活去了。這賈薔外相既美。內性又聰明。雖然應名來上學。亦不
過虛掩眼目而已。仍是鬥雞走狗。賞花閱柳。摠恃上有賈珍溺
愛。下有賈蓉幇助。因此族中人誰敢觸逆于他。既和賈蓉最好。
今見有人欺負秦鍾。如何肯依。如今自己要挺身出來報不平。
心中且忖奪一番。金榮賈瑞一等人。都是薛大叔的相知。平日

八

我又與薛大叔相好○倘或我一出頭○他們告訴了老薛○我們豈不傷和氣○待若不管○如此謠言○說得大家沒趣○如今何不用計制伏○又止息聲口○又不傷了臉面○想畢○粧作出小恭○出至外面○悄悄把跟寶玉的書童名喚茗烟者○喚至身邊○如此這般○調撥他幾句○這茗烟乃寶玉第一个得用的○且又年輕不諳事○如今聽賈薔說金榮如此欺負秦鍾○連他爺寶玉都干連在内○不給他知道○下次越發狂縱難制了○這茗烟無故就要欺壓人的○如今得了這信○又有賈薔助着○便一頭進来找金榮○也不叫金相

公了。只說姓金的是什麽東西。賈薔遂踩一踩靴子。故意整整
衣冠。看看日影兒。說是時候了。遂向賈瑞說有事要早走一步。
賈瑞不敢强他。只得隨他去了。這裏茗烟走進来。便一把揪住
金榮問道。我們造屁股不造。管你扒扒相干。横竪没造你爹去
就罷了。你是好小子。出来動一動茗大爺。嚇得满室中子弟都
怔怔的痴望。賈瑞忙吆喝茗烟不得撒野。金榮氣黄了臉道。反
了。奴才小子都敢如此。我和你主子說。便奪手要去抓打寶玉
秦鐘。尚未去時。腦後颼的一聲。蚤見一方硯瓦飛来。並不知係

九

何人打来的。幸未打着。却又打了旁人的座上。乃是賈蘭賈菌。
這賈蘭與賈菌最好。所以二人同一座。誰知賈菌年紀雖小。志
氣最大。極是个淘氣不怕人的。他在座上冷眼看見金榮的朋
友。暗助金榮。飛硯来打茗烟。没打着茗烟。便落在他座上。正打
在面前。將個硯水壺打了粉碎。濺了一書黑水。賈菌如何依得。
便駡好囚攮的們。這不都動了手了麽。駡着。他便抓起硯磚来
要飛。賈蘭是個省事的。忙按住硯磚。極口勸道。好兄弟。不與咱們
相干。賈菌如何忍得住。見按住硯磚。他便兩手抱起書匣子来。

照這邊掄来○終是身小力薄○却掄不到○至寶玉秦鍾桌上就落了下来○只聽的噹啷啷一聲○砸在棹子上○書本紙片筆硯等物○撒了一棹○又把寶玉的一椀茶○砸得椀碎茶流○賈蘭便跳出来要揪打那一个飛硯的○金榮此時隨手抓了一根毛竹大板在手○地狹人多○那裡經得舞動大板○茗烟早喫了一下○亂嚷你們還不動手○寶玉還有三个小廝○一名鋤藥○一名掃紅○一名墨雨○這三个豈有不淘氣的○一齊亂嚷小婦養的○動了兵器了○墨雨遂撥起一根門閂○掃紅鋤藥手中都有馬鞭子○蜂擁而上○賈瑞

急的攔一回這個。勸一回那个。誰聽他的話。肆行大亂。衆頑童也有趁勢幫着打太平拳助樂的。也有膽小藏過一邊的。也有直立在桌上。拍着手兒亂笑。喝着聲兒叫打的。登時鼎沸起来。外面李貴等幾個大僕人聽見裏邊作反起来。忙都進来一齊喝住。問是何故。衆聲不一。這一個如此說。那一个又如此講。被李貴幺喝罵了茗烟四个一頓。攆了出去。秦鐘頭上早撞在金榮的板上。打去一層油皮。寶玉正拿褂襟子替他揉。見喝住了衆人。便命李貴收拾書。拉馬来。我去回太爺去。我們被人欺負了。不敢説别的。守理来告訴瑞大爺。瑞大爺反派我們的不是。
聽着人家罵我們。還調他打我們。茗烟見人欺負我。他豈有不
為我的。他們反打夥兒打了茗烟。連秦鍾頭也打破。這還在這
裏念什麼書。李貴勸道哥兒不要性急。太爺既有事回家去了。
這會子為這點事去聒噪他老人家。倒顯的咱們没理似的。依
我的主意。那裏的事那裡了結。何必驚動老人家。這都是瑞大
爺的不是。太爺不在這裏。你老人家就是這學裡的頭腦了。衆
人看你行事。衆人有了不是。該打的打。該罰的罰。如何等鬧到

十

這步田地還不管。賈瑞道我吆喝着都不聽。李貴笑道不怕你老人家惱。我素日知你老人家到底有些不正。所以這些兄弟纔不聽。就鬧到太爺跟前。你老人家也脫不過的。還不快作主意斯羅開了罷。寶玉道斯羅什麼。我必是回去的。秦鍾哭道有金榮。我是不在這裏念書的了。寶玉道這是為什麼。難道有人家来的。咱們倒来不得。我必回明白衆人攆了金榮去。又問李貴是那一房的親戚。李貴想一想道。也不用問了。若說起那一房的親戚。更傷了弟兄們的和氣。茗烟在牕外道。他是東胡同

裏璜大奶奶的姪兒。那是什麼硬正着仗腰子的。也來嚇我們。璜
大奶奶是他姑娘。你那姑媽只會打旋磨兒給我們璉二奶奶
跪着借當頭。我眼裏就看不起那樣的主子奶奶了。李貴忙斷
喝不止。說偏這因命的知道。有這些嚼蛆。寶玉冷笑道。我只當
是誰的親戚。原来是璜嫂子的姪兒。我就去問問他来。說着便
要走。叫茗烟進来包書。茗烟又得意道。爺也不用自己去見。等
我去他家。就說老太太有話問他呢。僱上一輛車拉進去。當着
老太太問他。豈不省事。李貴忙喝道。你要死。仔細回去好不好

先揎了你。然後回老爺太太。就說寶玉全是你挑唆的。我這裡
好容易勸哄的好了一半。你又來生出新法子。你鬧了學堂。不
說變法兒壓息了總是。倒逆反往火裏奔。若烟方不敢做聲兒。呌
時賈瑞也恐鬧大了。自己也不乾净。只得委曲着來央告秦鐘。
又央告寶玉。先是他二人不肯。後來寶玉說不回去也罷了。只
呌金榮陪不是便罷。金榮。先是不肯。後來禁不得賈瑞也來逼
他去陪个不是。李貴等只得好勸金榮說。原是你起的端。你不
這樣。怎得了局。金榮强不得。只得與秦鐘作了揖。寶玉還不依。

偏定要磕頭。賈瑞只要暫息此事。又悄悄的勸金榮說。俗語說的光棍不喫眼前虧。咱們如今少不得委曲着陪个不是。然後再尋主意報仇。不然弄出事来。道是你起端。也不得乾净。金榮聽了有理。方忍氣含愧的来與秦鐘磕了一箇頭方罷了。賈瑞遂立意要去調撥薛蟠来報仇。與金榮計議已定。一時散學。各自回家。不知他怎麽去調撥薛蟠。且看下回分解。

圭

紅樓夢第十回

金寡婦貪利權受辱　張太醫論病細窮源

話說金榮因人多勢重。又兼賈瑞勒令陪了不是。給秦鐘磕了頭。寶玉方纔不抄鬧了。大家散了學。金榮回到家中。越想越氣。說秦鐘不過是賈蓉的小舅子。又不是賈家的子孫。附學讀書。也不過和我一樣。他因仗着寶玉和他好。他就目中無人。他既是這樣。該行些正經事。人也無的說。他素日又和寶玉鬼鬼祟祟的。只當人是瞎子看不見。今日他又去勾搭人。偏偏的撞在我眼睛裏。就是鬧出事來。我還怕什麽不成。他母親胡氏聽見他咕咕嘟嘟的説。因問道你又要生什麽閒事。好容易我望你姑媽説了。你姑媽又千方百計的向他們西府裡璉二奶奶跟前説。你才得了這个念書的地方。若不是仗着人家。咱們家裏還有力量請得起先生。況且人家學裡茶也是現成的。飯也是現成的。你這二年在那裡念書。家裏也省着好大的嚼用呢。省出来你又爱穿着鮮明衣服。再者不是在那裡念書。你就認得什麽薛大爺了。那薛大爺一年不給不給。這二年也帮了咱們有七八十兩銀子。你如何要鬧出了這個學房。再要找這麼個地方。我告訴你說罷。比登天還難呢。你給我老老實實的頑一會子睡覺。好多着呢。于是金榮忍氣吞聲。不多一時。他自去睡了。次日仍舊上學去了。不在話下。且說他姑娘原聘恰是賈家玉字輩的嫡派。名喚賈璜。但其族人那裏皆能像寧榮二府的富勢。也不用細說。這賈璜守着些小小的産業。又時常到寧榮二府去請安。又會奉承鳳姐并尤氏。所以鳳姐尤氏也時常資助資助他。方能為此度日。却說這日賈璜之妻金氏。因天氣晴

二

明。又值家中無事。遂帶了一個婆子。坐了車往娘家去走走。瞧
瞧寡嫂并姪兒。閒話之間。金榮之母親偏提起昨日賈家學房
裏的那事来。遂從頭至尾。一五一十都向他說了。這璜大奶奶
不聽則已。聽了一時怒從心上起。說道這秦鍾小畜子。是賈門
的親戚。難道榮兒不是賈門的親戚。人都别忒勢利了。况且都
作的什麽有臉的好事。就是寶玉也不犯向着他到這個田地。
等我去到東府裡瞧瞧我們珍大奶奶。再向秦鍾他姐姐說。叫
他評評這个理兒。這金榮的母親聽了這話。急的受不得。忙說

道我的嘴快。告訴姑奶奶。求姑奶奶快别去管他們誰是誰非。
倘或鬧起來。再怎麽在這裏站得住。若是站不住。家裏不但不
能請先生。反倒在身上添出許多的喫用來呢。璜大奶奶聽了
說道。那裏管得許多。你等我說說看是怎麽樣。也不容他嫂子
勸。一面叫老婆子瞧車。就坐上往寧府裡來。到了寧府進了東
邊好快騾子小角門前。下了車進去。見了尤氏。也並未敢氣高。
慇慇勤勤。敘過寒溫。說了些閒話。方問起今日怎麽沒見蓉大
奶奶。尤氏說道他這些日子不知是怎麽着。經期有兩個多月

三

没来○叫大夫(醫生)瞧了○又說並不是喜○那兩日到了晚半天就煩待(動乚懶待)動○嘴○說也懶待說○頭目發眩○我說他你且不必拘禮○蚤晚不必照例上来○你竟好生養養罷○就是有親戚一家兒来○有我呢○長輩兒怪你○等我去告訴○連蓉哥兒我都囑咐了○我說你不許累掯他○不許招他生氣○叫他靜靜的養養就好了○他要想什麼喫○只管到我這裡来取来○倘或我這裏没有○只管往你璉二嬸子那裏要去○倘或他有個好合歹○你再要娶這麼一个媳婦○這麼個模樣兒○這麼个性情的人兒○打着燈籠兒也無處尋去○他這

個為人行事。那個親戚。那個一家兒的長輩不喜歡他。所以我
這兩日好不煩。心焦的我了不得。偏偏兒今兒早辰他兄弟来
瞧他。誰知那小孩子家不知好歹。看見他姐姐身上不大爽快。
就有事也不當告訴他。別說是這麽一點子小事。就是你受了
一萬分的委曲。也不該向他說才是。誰知他們昨兒學裏打架。
不知是那裏附學来的一个人。欺負了他了。裡頭還有些不乾
不淨的話。都告訴了他姐姐。嬸子你是知道的。那媳婦雖則見
了人有說有笑。會行事兒。他可心細面又重。不拘聽見个什麽

四

話兒。都要度量個三日五夜才罷。這个病就是打這个秉性上
思慮出来的。今日聽見有人欺負了他兄弟。又是惱。又是氣。惱
的那一羣狐朋狗友的扯是搬非。挑三惑四那些人。氣的兄弟
不學好。不當心讀書。以至如此學裏抄鬧。他聽了這事。今日索
性連早飯也没喫。我聽見了。我方到他那邊安慰了他一會子。
又勸解了他兄弟一會子。我叫他兄弟到那邊府裡找寶玉去
了。我才瞧着他喫了半盞燕窩湯。我方才過来了。嬸子你說我
心焦不心焦。況且如今又没个好大夫。我想到他這病上。心裏

倒像針扎似的○你們知道有什麽好大夫没有○金氏聽了這半日話○把方才在他嫂子家的那一團要向秦氏理論的盛氣○早嚇的丟在爪窪國去了○聽見尤氏問他有好大夫的話○連忙荅道我們這麽聽着○寔在也没有見人說有個好大夫○如今聽起大奶奶這個病来○定不得還是喜呢○嫂子倒别教人混治○倘或認錯了○這個是了不得的○尤氏道可不是呢○正說話之間賈珍從外進来○見了金氏○便向尤氏問道這不是璜大奶奶麽○金氏向前給賈珍請了安○賈珍向尤氏說道讓這大姆姆喫了飯去○

五

賈珍說着話。就過那屋裏去了。金氏此来原要向秦氏說秦鐘欺負了他姪兒的事。聽見秦氏病。不但不能說。並且不敢提了。況且賈珍尤氏待的甚好。反轉怒為喜的。又說了一會子話兒。方才家去了。金氏去後。賈珍方過来坐下。問尤氏道他来有什麽說的事情麽。尤氏荅道沒說什麽。一進来的時候。臉上倒像有些着惱似的。及至說了半天話。又提起媳婦病。他倒漸漸的氣平靜了。你又吽讓他喫飯。他聽媳婦這麽病。也不好意思只管坐着。又說了幾句閒話兒就去了。倒沒有求什麽事。如今且說媳婦這病。你到底那裏尋個好大夫来給他瞧瞧要緊。可別躭悞了。現今偺們家走的這羣大夫。那裏要得。一个个都是聽着人的氣兒。人怎麽說。他也添上幾句文話兒說一遍。可到慇勤的很。三四个人一日輪流着倒有四五遍来看脈。他們大家商量着立個方兒喫了。也不見效。弄的一日換四五遍衣裳坐起来見大夫。其寔於病人無益。賈珍道孩子也糊塗。何必脫脫換換的。倘或又着了涼。更添一層病了。那還了得。衣裳任憑是什麽好的。可又值什麽呢。孩子的身子要緊。就是一天穿一套新的。也不值什麽。我正進来要告訴你。方才馮紫英来看我。他見我有些抑鬱之色。問我是怎麽了。我才告訴他說媳婦忽然身子有好幾天的不爽快。因為不得個好太醫。斷不透是喜是病。不知有妨碍無妨碍。所以我這兩日着寔着急。馮紫英因說起他有個幼時從學的先生。姓張名有士。學問最淵博的。更兼醫理極深。且能斷人生死。今年是上京給他兒子来捐官。現在他家住着呢。這麽看来。竟是合該媳婦的病在他手裏除災。亦未可知。我即刻差人拿我的名帖請去了。今日倘或天晚了不能来。明日想来一定来。况且馮紫英又即刻回家親自去求他。
務必叫他来瞧瞧。等這个張先生来瞧了再説罷。尤氏聽了心
中甚喜。因説道後日是太爺的壽日。到應怎麽辦。賈珍道我方
才到了太爺那裏去。請太爺来家来受一家子的禮。太爺因説
道我是清净慣了的。我不願意往你們那是非場中去鬧去。你
們必是説我生日要叫我去受衆人的頭。莫若你把我從前註
的陰隲文。叫人好好的寫出来刻。比叫我無故受衆人的頭還
强百倍呢。倘或明日後日一家子要来。你就在家裡好好的款

七

待他們就是了。也不必給我送什麽東西来。連你後日也不必来。你要心中不安。你今日就給我磕了頭去。倘或你後日要来。又跟隨多少人来鬧我。我必合你不依。如此說了又說。後日我是再不敢去的了。且叫来昇兒来吩咐他。叫他預備兩日的筵席。尤氏因叫人叫了賈蓉来。吩咐来昇兒照舊例預備兩日的筵席。要豐豐富富的。你再親自到西府裏去請老太太。大太太。二太太。和你璉二嬸子来逛逛。你父親今日聽見了一个好大夫。業已打發人請去了。想必明日必来。你可將他這些日子的病症。細細的告訴他。賈蓉一一的荅應着出去了。正遇着方才去馮紫英家請那先生的小子回来。因回道小人方纔到了馮大爺家裏。拿了名帖請那先生去。那先生説道方才這裡大爺也向我説了。但今日拜了一天的客。才回到家。此時精神寔在不能支持。就是去到府上。也不能看脈。他説等調息一夜。明日務必到府。他又説他醫學淺薄。本不敢當此重薦。因我們馮大爺合府上大人既已如此説了。又不得不去。你先代我回明大人就是了。大人名帖着寔不敢當。呌小人拿回来了。哥兒替我

回一聲兒罷。賈蓉復轉身進去回了賈珍尤氏的話。方才出来
叫了来昇兒来。吩咐預備兩日的筵席的話。来昇兒聽畢。自去
照例料理。不在話下。且說次日午間家人回話。請的那先生来
了。賈珍隨請入大廳坐下。茶畢方開言道。昨来馮大爺示知老
先生人品學問。又兼深通醫理之至。小弟不勝欽仰。張先生道。
晚生粗鄙下士。不知自身淺陋。昨因馮大爺示知大人家第謙
恭下士。又承呼喚。敢不依命。但毫無實學。倍增顔汗。賈珍道先
生何必過謙。就請先生進去看看兒婦。仰仗高明。以釋下懷。於

是賈蓉同了先生進来。到賈蓉的居室。見了秦氏。因向賈蓉說道這就是尊夫人了。賈蓉道正是。請先生坐下。讓我把賤内的病症說一說。再看脈如何。那先生道依小弟的意思。竟是先看了脈再說的為是。我是初到尊府。本来也不曉得什麼。但是我們馮大爺務必叫小弟過来看看。小弟所以不得不来。如今看看脈息。看小弟說的是不是。再將這些日子的病勢講一講。大家斟酌一個方兒。可用不可用。那時大爺再定奪。賈蓉道先生寔在高明。如今恨相見之晚。就請先生看一看脈息。可治不可

九

治。以便使家父放心。於是家下媳婦們捧過大迎枕来。一面給秦氏拉着袖口。露出脈来。先生方伸手按在右手脈上。調息了至数。寧神細胗了有半刻的工夫。方換過左手。亦復如是。胗畢脈息。説我們外邊坐着罷。賈蓉于是同先生到外間房裏床上坐下。一个婆子端了茶来。賈蓉道先生請茶。於是陪先生喫了茶。因問道先生看這脈息。還治得治不得。先生道看的尊夫人這脈息。左寸沈數。左関沈伏。右手寸細而無力。右關需而無神。其左寸沈数者。乃心氣虚而生火。左關沈伏者。乃肝家氣滞血虧。

右寸細而無力者。乃肺經氣分太虛。右關需而無神者。乃脾土被肝木尅制。心氣虛而生火者。應現在經期不調。夜間不寐。肝家血虧氣滯者。必然脇下痛脹。月信過期。心中發熱。肺經氣分太虛者。頭目不時眩暈。寅卯間必然自汗。如坐舟中。脾土被肝木尅制者。必然不思飲食。精神倦怠。四肢酸軟。據我看來。這脈息應當有些病症纔對。或以這脈為喜脈。則小弟不敢從其教也。旁邊一個貼身伏侍的婆子道。何嘗不是這樣呢。真正先生說的如神。倒不用我們告訴了。如今我們家裏現有好幾位太醫老爺們瞧着呢。都不能說的這般真切。有一位說是喜。有一位說是病。這位說不相干。那位說怕冬至。總沒有說個一樣兒的話。求老爺明明白白指示指示。那先生笑道大奶奶這個症候。可是這幾位就擱了。要在初次行經的日期。就用藥治起來。不但斷無今日之患。而且此時已全愈了。如今既是把病就擱到這个地位。也是應有是灾。依我看來。這病尚有三分治得。喫了我的藥看。若是夜間睡得着覺。那時又添了二分拿手了。據我看來這脈息。大奶奶是个心氣高强。聰明不過的人。聰明太

過。則不如意事常有。不如意事常有。則思慮太過。此病是憂慮
傷脾。肝木特旺。經血所以不能按時而至。大奶奶從前行經的
日子。問一問。斷不是常縮。必是常長的。是不是。這婆子荅道可
不是。從沒有縮過。或是長三二日。以至十日都長過。先生聽了
道妙。阿。這就是病源了。從前若能殼以養心調經之葯服之。何
至于此。如今明顯出一個水虧木旺的症候来。待用葯看看。于
是寫了方子。遞與賈蓉。上面寫的是益氣養榮補脾和肝湯。

人參 二錢　白朮 二錢 土炒　雲苓 三錢　熟地 四錢

歸身二錢酒洗　白芍二錢炒　川芎錢半　黃芪二錢

香附米二錢製　醋柴胡八分　懷山藥二錢炒　真阿膠二錢鴿粉炒

延胡索錢半酒炒　炙甘草八分

引用建蓮子七粒去心紅棗二枚

賈蓉看了說高明的很。還要請教先生。這病與性命終究有妨無妨。先生笑道大爺是最高明的。人人病到這个地位。非一朝一夕的症候。乃這藥也要看醫緣了。依小弟看來。今年一冬不相干的。總是過春分就可望全愈了。賈蓉也是个聰明人。也不往下細問了。於是賈蓉送先生去了。方將這藥方子並脉案都給賈珍看了。說的話也都回了賈珍并尤氏了。尤氏向賈珍說道。從来大夫不像他說的這般痛快。想必用的藥也不錯。賈珍道人家原不是混飯喫的。久慣行醫的人。因為馮紫英與我們好。他好容易求了他来了。既有了這个人。媳婦的病或者就能好了。他那方子上有人參二錢。可用前日買的那一斤好的罷。賈蓉聽畢話方出来。吽人打藥去煎給秦氏喫。且聽下回分解。

紅樓夢第十一回

慶壽辰寧府排家宴　見熙鳳賈瑞起淫心

話説是日賈敬的生日。賈珍先將上等可喫的東西。稀奇些的菓品。裝了十六大捧盒。着賈蓉帶領家下人等。與賈敬送去。向賈蓉説你留神看太爺喜歡不喜歡。你就行了禮来。你説我父親遵太爺的話未敢来。在家裏率領合家都朝上行了禮了。賈蓉聽罷。即率領家人去了。這裏漸漸的就有人来了。先是賈璉賈薔到来。先看了各處的坐位。并問有什麽頑意兒沒有。家人

荅道我的爺今日筭計請太爺来家来。所以並未敢預備頑意
兒。前日聽見太爺又不来了。現叫奴才們找了一班小戲兒。並
一班擋子打十番的。都在院子裏戲臺上預備着呢。次後邢夫
人王夫人鳳姐兒寶玉都来了。賈珍並尤氏接了進去。尤氏的
母親已先在這裏呢。大家見過了。彼此讓了坐。賈珍尤氏二人
親自遞了茶。因笑說道。老太太原是老祖宗。我父親又是姪兒。
這樣日子。原不敢請他老人家。但只是這個時候。天氣正凉爽。
滿園子的菊花又盛開。請老祖宗過来散散悶。看着衆兒孫熱

鬧熱鬧是个（這）意兒誰知老祖宗又不肯賞臉鳳姐兒未等王夫
人開口先說道老太太昨日還說要来看呢因為晚上看着寶
兄弟他們喫桃兒老人家又嘴饞了喫了有大半个五更天的
時候就一連起来了兩次今日早晨略覺身子倦些因叫我回
大爺今日斷不能来了說有好喫的要幾樣還要狠爛的賈珍
聽了笑道我說老祖宗是爱熱鬧的今日不来必定有个緣故
若是這麽着就是了王夫人道前日聽見你大妹妹說蓉哥兒
媳婦身上不大什麽好到底是怎麽樣尤氏道他這个病病的

二

也奇。上月中秋。還跟着老太太太太們頑了半夜。回家来好好的。到了二十後。一日比一日覺懶。也懶得喫東西。這將近有半个月了。經期又有二个多月没来。邢夫人接着說道別是喜罷。正說着外頭人回道。大老爺二老爺並一家子的爺們都来了。在廳上呢。賈珍連忙出来了。這裏尤氏方說道從前大夫也有說是喜的。昨日馮紫英薦了他從過學的一个先生。醫的很好。瞧了說不是喜。竟是一個很大的症候。昨日開了方。喫了一劑藥。今日頭眩畧好些。別的仍不見怎麽樣大見效。鳳姐道我說

他不是十分支持不住。今日這樣的日子。他再也不肯不扎挣
着上来。尤氏道你是初三日在這裏見他的。他還扎挣了半天。
也是你們娘兒兩個好的上頭。他綫戀戀的捨不得去。鳳姐兒
聽了。眼圈兒紅了半日。半天綫説道天有不測風雲。人有旦夕
禍福。這個年紀。倘或就因這個病上怎麽説了。人還活有什麽
趣兒。正説話間。賈蓉進来給邢夫人王夫人鳳姐兒都請了安。
方回尤氏道。我去給太爺送喫食。並回説我父親在家中伺候
老爺們。款待一家子的爺們。遵太爺的話。並未敢来。太爺聽了

三

甚喜歡。說這纔是。呌告訴父親母親。好生伺候太爺太太們。呌我好生伺候叔叔嬸子並哥哥們。還說那陰隲文。呌急刻着出来。印一萬張散人。我將這話都回了我父親。這會子得快出去打發太爺們並合家的爺們喫飯。鳳姐兒說道。你且站住。你媳婦今日到底是怎麽着。賈蓉皺了皺眉。說道不好麽。嬸子回来瞧瞧去。就知道了。於是賈蓉出去了。這裡尤氏向那夫人王夫人道。太太們在這裏喫飯呵。還是園子裏喫去呢。王夫人向那夫人道我們索性喫了飯。再過去罷。也好省些事。那夫人道很

好。於是尤氏吩咐媳婦婆子們快来送飯来。門外一齊荅應了
一聲。都各人端各人的去了。不多一時擺上了飯。尤氏讓邢夫
人王夫人並他母親都上了坐。他與鳳姐兒並寶玉都側席坐
了。邢夫人王夫人道我們来。原給大老爺拜壽。這不是我們竟
来過生日来了麼。鳳姐兒道大老爺原是好静的。已經修煉成
了。也算的是神仙了。太太們這麼一說。這就叫作心到神知了。
一句話說的滿屋裡人都笑起来了。于是尤氏的母親並邢夫
人王夫人鳳姐兒都喫畢飯。漱了口。淨了手。纔說要往園子裏

去。賈蓉進来向尤氏說道。老爺們並衆位叔叔哥哥兄弟們都喫了飯了。大老爺說家裏有事。二老爺是不愛聽戲。又怕人鬧的慌。都散去了。別的一家子爺們。都被璉二叔並薔兄弟邀過園子裡聽戲去了。方才南安郡王。東平郡王。西寧郡王。北靜郡王。四家王爺。並鎮國公牛府等六家。中靖侯史府等八家。都差人持了名帖送壽禮来。俱回了我父親。先收在賬房裡了。禮單都上了檔子。老爺的領謝帖。都交給各来人了。各来人也都照舊例賞了。衆来人都讓喫了飯。纔去了。母親該請二位太太老

娘嬸子都過園子裏去坐着罷。尤氏道也是總喫完了飯。就要
過去了。鳳姐兒說我回太太。我瞧瞧蓉哥兒媳婦。我再過去。王
夫人道很是。我們都要去看看他們。怕他嬝鬧的慌。說我們問
他好罷。尤氏說好妹妹。媳婦聽你的話。你去開導開導他。我也
放心。你就快些過園子裏來。寶玉也要跟了去瞧秦氏。王夫人
道你看看就過來罷。那是姪兒媳婦。於是尤氏請了邢夫人王
夫人並他母親都過會芳園去了。鳳姐兒寶玉方合賈蓉到秦
氏這邊來了。進了房門。悄悄的進了裏間房門口。秦氏見了就

要站起来。鳳姐說快別起來。看起猛了頭暈。于是鳳姐兒就緊走了兩步。拉住秦氏的手。說道我的奶奶。怎麽幾日不見。就瘦得這樣着了。於是就坐在秦氏坐的褥子上了。寶玉也問了好。坐在對面褥子上。賈蓉叫倒茶來。嬸子和寶叔在上房還沒喫茶呢。秦氏拉着鳳姐兒的手。强笑道這都是我無福。這樣的人家。公公婆婆當自己的女孩似的。嬸娘。姪兒雖說年青。却是他敬我。我敬他。從來沒有紅過臉。就是長輩同輩之中。除了嬸娘是不用說了。別人從來也沒有不疼我的。也沒有不合我好的。

如今得了這个病。把我要强的心。一分也無有了。公婆跟前未
得孝順一天。就是嬸娘這樣疼我。我就有十分孝順的心。如今也
不能夠了。我自已想着未必熬得過年去呢。寶玉正眼看着那
海棠春睡圖。并那秦太虚寫的嫩寒鎖夢因春冷。芳氣襲人是
酒香的對聯。不覺想起那日在這裏睡晌覺。梦到太虚幻境的
事来。正自出神。聽得秦氏説了這些話。如萬箭攢心。那眼泪不
知不覺就流下来了。鳳姐兒雖心中十分難過。但恐怕病人見
了這个樣兒。反添心酸。倒不是来開導勸解的意思了。見寶玉

這个樣子。因說道寶兄弟你不要婆婆媽媽的了。他病人不過是這麽說。那裏就到這个田地了。況且能多大年紀的人。畧病一病兒。就這麽想。那麽想的。這不是自已給自已添病了麽。賈蓉道他這个病也不用別的。只是喫的些飲食就不怕了。鳳姐兒道寶兄弟。太太叫你過去呢。你別在這裡只管這麽着。倒招的媳婦也心裡不好。太太那裏又掂（墊）着你。因向賈蓉道。你先同你寶叔過去罷。我還畧坐一坐兒。賈蓉聽說。即同寶玉過會芳園来了。這裏鳳姐兒又勸解了秦氏一番。又低低說了多少衷

腸的話兒。尤氏打發人請了二三遍。鳳姐兒纔向秦氏說道你
好生養着罷。我再来看你。合該你這病要好。所以前就有人薦
這個好大夫来。再也是不怕的了。秦氏笑道任憑神仙也罷。治
得病。治不得命。嬸子我知道我這病也不過是挨日子了。鳳姐
兒說道。你只管這麽想着。病那裡能好呢。總要想開了纔是。况
且聽見大夫說若是不治。怕的是春天不好。如今纔九月半。還
有四五个月的工夫。什麽病治不好呢。咱們若是不能喫人參
的人家。這也難說了。你公公婆婆聽見治得好你。別說一日二

七

錢人参○就是一日二兩○也能彀喫得起○好生養着罷○我過園子裏去了○秦氏又道嬸子恕我不能跟過去了○閒了的時候○還求嬸娘常過来瞧瞧我○咱們娘兒們坐坐○多説幾遭話兒○鳳姐兒聽了○不覺的又眼圈兒一紅○遂説道我得閒兒必常来看你○于是鳳姐兒帶領跟来的婆子丫頭○并寧府的媳婦婆子們○從裏頭繞進園子的便門来○但見黄花滿地○白柳横坡○小橋通若耶之溪○曲徑接天台之路○石中清流激湍○籬落飄香○枝頭紅葉翩翻○疎林如畫○西風乍緊○初罷鶯啼○煖日當暄○又添蛩語○遥望東

南。見幾處依山之榭。縱觀西北。結三間臨水之軒。笙簧盈耳。別
有幽情。羅綺穿林。倍添韻致。鳳姐兒正是看園中景致。一步步
行來讚賞。猛從假山石後走過一個人来。向前對鳳姐一笑。鳳
姐說道。猛然一見。想不到是大爺到這裡来。賈瑞道。是合該與
嫂子有緣。我方纔偷出了席。在這個清淨地方畧散一散。不想
就遇見嫂子也從這裏来。這不是有緣麽。一面說。一面拿眼睛
不住的覷着鳳姐兒。鳳姐兒是个聰明人。見他這个光景。如何
不猜透八九分呢。因向賈瑞含笑說道。怨不得你哥哥常提你。

八

說你狠好。今日見了。聽你說幾句話兒。就知道你是個聰明和氣人了。這會子我要到太太們那裏去。不得和你說話兒。等閒了咱們再說話兒罷。賈瑞道我要到嫂子家裡去請安。又恐怕嫂子年青。不肯輕易見人。鳳姐兒假意兒笑道。一家骨肉。說什麽年青不年青的話。賈瑞聽了這話。再想不到今日得這奇遇。那神情光景。一發不堪難看了。鳳姐兒說道你快入席去罷。看他們拿住罰你酒。賈瑞聽了。身上木了半邊。慢慢的一面走着。一面回過頭来看。鳳姐兒故意兒的把脚步兒放遲了。些兒見

他去遠了。心裏暗忖道這才是知人知面不知心呢。那裏有這
禽獸樣的人呢。他果如此。幾時叫他死在我手裏。他纔知道我
的手段呢。于是方移步前来。將轉過一層山坡。見二三个婆子
忙忙張張的走来。見了鳳姐兒笑道。我們奶奶見二奶奶只是
不来。急的了不得。叫奴才們又来請奶奶来了。鳳姐兒說道。你
們奶奶就是這麼急脚兒似的。鳳姐兒慢慢的走着。問戲唱了
幾齣了。那婆子回道有八九齣了。說話之間。已到了天香樓的
後門。見寶玉合一羣丫頭子們在那裏頑呢。鳳姐兒說道寶兄

弟。別忒淘氣了。一个丫頭說道太太們都是樓上坐着呢。請奶
奶就從這門上去罷。鳳姐兒聽了款步提衣。上了樓。見尤氏已
在樓梯上等着呢。尤氏笑道你們娘兒兩个忒好了。見了面捻
捨不得来了。你明兒搬了来合他住着罷。你坐下我先敬你一
杯。于是鳳姐兒在邢王二夫人前告了坐。尤氏的母親前周旋
一遍。仍同尤氏坐在一桌上喫酒聽戲。尤氏叫拿戲單来。讓鳳
姐兒點戲。鳳姐兒說道太太們在這裡。我如何敢點呢。邢夫人
王夫人說我們和親家太太都點了好幾齣了你點兩齣好的

我們聽。鳳姐兒立起身来荅應了一聲。方接過戲單来從頭一看。遂點了一齣還魂。一齣談詞。遞過戲單去。說現在唱的雙官誥。唱完了再唱這兩齣。也就是時候了。王夫人道可不是呢。也該趁蚤兒叫你哥哥嫂子歇歇呢。他們心裏又不靜。尤氏說道太太們又不常過来。娘兒們多坐回子（會）纔有趣兒。天還早着呢。鳳姐兒立起身来往樓下一看。說爺們都往那裏去了。旁邊一个婆子說道爺們纔到凝曦軒。帶了打十番的那裏喫酒去了。鳳姐兒說道在這裏不便（宜）。背地裏又不知道幹什麼去了。尤

十

氏笑道。那裏都像你這麽正經人呢。於是說說笑笑。點的戲都
唱完了。方纔撤下酒席。擺上飯來。喫畢大家纔出院子來。到上
房坐下。喫了茶。纔吽預備車。向尤氏的母親告了辭。尤氏率同
衆姬妾并家下婆子媳婦們。都送出來。賈珍率領衆子姪都在
車旁侍立等候着呢。見了邢王二夫人說道。二位嬸子明日還
来逛逛。王夫人道。罷了。我們今日整坐了一日。也乏了。明日歇
歇罷。於是都上車去了。賈瑞由不得拿眼覰着鳳姐兒。賈珍等
進去後。李貴纔牽過馬来。寶玉騎上。隨了王夫人去了。這裡賈

珍同一家子兄弟子姪喫過晚飯。方總大家散了。次日仍是衆
族人等鬧了一日。不必細說。此後鳳姐兒不時親自来看秦氏。
秦氏也有幾日好些。也有幾日仍是那樣。賈珍尤氏賈蓉好不
焦心。且說賈瑞到榮府来了幾次。偏都遇見鳳姐兒往寧府那
邊去了。這年正是十一月三十日冬至。到交節的那幾日。賈母
王夫人鳳姐兒日日差人去看秦氏。回来的人都說這幾日也
未見添病。也未見甚好。王夫人向賈母說這个症候。過這樣的
大節。不添病就有好大的指望了。賈母道可是呢。好个孩子。萬

十一

一有个緣故○可不吽人疼死○說着心酸○吽鳳姐兒說道你們兩
个也好一場○明日大初一○過了明日到後日再看看他去○你細
細的瞧瞧他那光景○倘或好些兒○你回來可告訴我○我也喜歡
喜歡○那孩子素日愛喫的○你也常吽人做些給他送過去○鳳姐
兒一一的答應了○到了初二日喫了早飯○來到寧府○看見秦氏
的光景雖未見添病○但是那臉上身上的肉全瘦乾了○於是合
秦氏坐了半日○說了些閒話兒○又將這病無妨的話○開導了一
番○秦氏說道好不好○春天就知道了○如今現過了冬至○又要怎

麽樣。或者好的了。也未可知。嬸子回老太太太太放心罷。那日老太太賞的那棗泥餡的山藥糕。我倒喫了兩塊。倒像尅化的東西的。鳳姐兒說明日再給你送來。我到你婆婆那裏瞧瞧。就要趕着回去回老太太的話去。秦氏道嬸子替我請老太太太太的安罷。鳳姐兒答應着就出來了。到了尤氏的上房坐下。尤氏道你冷眼看媳婦是怎麽樣。鳳姐兒低了半日頭。說道這實在沒方法兒了。你也該將一應的後事用的東西。也該料理料理。冲他一冲也好。尤氏道我也暗暗的叫人預備了。就是有一

件東西不得好木頭。暫且慢慢的辦罷。於是鳳姐兒喫畢茶。說
了一會子話兒。說道我要快回去回老太太的話呢。尤氏道你
可緩緩兒的說。別唬着老人家。鳳姐兒說知道。于是鳳姐兒就
回來了。到来家中見了賈母。說蓉哥媳婦請老太太安。給老太
太磕頭。說他好些兒了。求老祖宗放心罷。他再畧好些。還要給
老祖宗請安來呢。賈母說你看他是怎麼樣。鳳姐兒道暫且無
妨。精神還好呢。賈母聽了沈吟了半日。向鳳姐兒說你換衣裳
去罷。鳳姐兒答應出來。見過了王夫人。到了自己的房內。平兒

将烘下的家常衣服○給鳳姐兒換了○鳳姐兒方坐下○問道家裡有什麼事沒有○平兒方端了茶来遞過去○説道沒有什麼事○就是那三百銀的利銀○旺兒媳婦送進来我收了○再有瑞大爺使人来打聽奶奶在家沒有○他要来請安説話○鳳姐聽了○哼了一聲○説道這畜生合該作死○看他来了怎麼樣○平兒因問道這瑞大爺是因為甚麼只管来○鳳姐兒遂将九月裏在寧府園子裡遇見他的光景○他説的話○都告訴了平兒○平兒説道癩　蛤蟆想喫天鵞肉○無人倫的混賬東西○起這個念頭○叫他不得好死○

鳳姐兒道等他來了○我自有道理○不知賈瑞來時○作何光景○且看下回明白○

紅樓夢第十二回

王熙鳳毒設相思局　賈天祥正照風月鑑

話說鳳姐正與平兒說話。只見有人回說瑞大爺来了。鳳姐急命快請進来。賈瑞見往裏讓。心中喜出望外。急忙進来見了鳳姐。滿面陪笑。連連問好。鳳姐兒也假意殷勤讓茶讓坐。賈瑞見鳳姐如此打扮。越發酥倒。餳了眼問道二哥哥怎麼還不回来。鳳姐道不知什麼緣故。賈瑞問道别是在路上有人絆住了脚。捨不得回来。也未可知。鳳姐說也未可知。男人家見一個愛一

個。也是有的。賈瑞笑道嫂子這話說錯了。我就不這樣呢。鳳姐
笑道像你這樣的人。能有幾個。十個裏也挑不出一個來。賈瑞
聽了喜的抓耳撓腮。又道嫂嫂天天也悶得很。鳳姐道正是呢。
只盼個人來說話解解悶兒。賈瑞笑道我到天天閒着。天天過
來替嫂子解解悶。可好不好。鳳姐笑道你哄我呢。你那裏肯往
我這裏來。賈瑞道我在嫂子跟前若有一點謊話。天打雷劈。只
因素日聞得人說嫂子是个利害人。在你跟前一點也錯不得。
所以唬住了。我如今見嫂子最是有笑有說。極疼人的。我怎麽

不来。死了也願意。鳳姐笑道。果然你是明白人。比賈蓉賈薔兩
个强遠了。我看他那樣清秀。只當他們心裏明白。誰知竟是兩
箇糊塗蟲。一點不知人心。賈瑞聽了這話。越發撞在心坎兒上。
由不得不往前湊了一湊。覷着眼看鳳姐帶着荷包。然後又問
帶着什麽戒指。鳳姐悄悄的道。放尊重着。别叫丫頭們看了笑
話。賈瑞如聽綸音佛語一般。忙往後退。鳳姐笑道。你該去了。賈
瑞笑道。我再坐一坐兒。好狠心的嫂子。鳳姐又悄悄的道。大天
白日。人来人往。你就在這裡也不方便。你且去。等着晚上起了

二

更你来。悄悄的在西邊穿堂兒等我。賈瑞聽了如得珍寶。忙問道你别哄我。但只那裏人過的多。怎麽好躲的。鳳姐道你放心。我上[把]夜的小廝們都放了假。兩邊門一關。再没别人了。賈瑞聽了喜之不禁。忙忙的告辭而去。心内已為得手。盼到晚上。果然黑地裏摸入榮府。趂掩門時鑽入穿堂。果見漆黑無一人。往賈母那邊去的門戶已鎖。倒只有向東的門未關。賈瑞側耳聽着。半日不見人来。忽聽咯噔一聲。東邊的門也倒閂了。賈瑞急的也不敢出聲。只得悄悄出来。將門撼了撼。關的鐵桶一般。彼時

要求出去。永不能彀。南北皆是大房墻。要跳亦無扳援。這屋內
又是過門風。空落落。現是臘月天氣。夜又長。朔風凜凜。侵肌裂
骨。一夜幾乎不曾凍死。好容易盼到早辰。只見一个老婆子先
將東門開了。進来叫西門。賈瑞瞧的背着臉。一溜煙抱着肩跑
了出来。幸而天氣尚蚤。人都未起。從後門一徑跑回家去。原来
賈瑞父母早亾。只有他祖父代儒教養。那代儒素日教訓最不
許賈瑞多走一步。生怕他在外喫酒賭錢。有悞學業。今忽見他
一夜不歸。只料定他在外非飲即賭。嫖娼宿妓。那裏想到這段

公案。因此氣了一夜。賈瑞也捻着一把汗。少不得回来撒謊。只說往舅舅家去了。天黑了留我住了一夜。代儒道自来出門非稟我不許擅出。如何昨日私自去了。據此亦該打。何況是撒謊。因此發狠倒底打了三四十板。還不許喫飯。令他跪在院内讀文章。要補十天的工課来方罷。賈瑞直凍了一夜。今又遭了苦打。且餓着肚子。跪在風地裏讀文章。其苦萬狀。此時賈瑞前心猶未改。再想不到是鳳姐作弄他。遢（過）後兩日得了空。便仍来找尋鳳姐。鳳姐故抱怨他失信。賈瑞急得賭身發誓。鳳姐見他自

投羅網。少不得再尋別計。令他知改。又約他道今晚你別在那
裏了。你在我房後小過道子裏。那間空屋子裏等我。可別冒撞
了。賈瑞道果真。鳳姐道誰可哄你。你不信就別来。賈瑞道来来
来。死也要来。鳳姐道這會子你先去罷。賈瑞料定晚間必妥。此
時先去了。鳳姐在這裡便點兵派將。設下圈套。那賈瑞只盼不
到晚上。偏生家裏親戚又来了。直喫了晚飯才去。那天已有掌
燈時候。又等他祖父安歇了。方溜進榮府。直往那夾道中屋子
裏来等着。熱鍋上螞蟻一般。只是干轉萬轉。左等不見人影。右

四

聞也没有聲響。心下自思道别是又不来了。又凍我一夜不成。
正是胡猜。只見黑魆魆来了一个人。賈瑞便意定是鳳姐。不曾
皁白。餓虎一般。等那人剛至門前。便如猫捕鼠的一般。抱住叫
道親嫂子。等死我了。説着抱到屋裏炕上。就親嘴扯褲子。順口
親娘親爺亂叫起来。那人只不作聲。賈瑞扯了自己褲子。硬幫
幫就想頂入。忽見燈光一閃。只見賈薔舉着个拈（捻）子照道誰在
屋裏。只見炕上那人説道瑞大叔要造我呢。賈瑞一見却是賈
蓉。只臊的無地可入。不知怎麽樣纔好。回身就走。被賈薔一把

揪住。別走。如今璉二嬸已經告到太太跟前。說你無故調戲他。他暫用了个脫身計。哄你在這邊等着。太太氣死過去。因此叫我来拿你。剛纔你又攔住他。沒的說。跟我去見太太。賈瑞聽了魂不附體。只說好姪兒。只說沒有見我。明日我重重的謝你。賈薔道。你若謝我。放你不值什麽。只不知你謝我多少。況且口說無凴。寫一文契来。賈瑞道。這如何落紙呢。賈薔道。這也不妨。寫一句賭錢輸了外人賬目。借頭家銀若干兩便罷。賈瑞道。這也容易。只是此時無紙筆。賈薔道。這也容易。說畢翻身出来。紙筆

五

現成。拿来命賈瑞寫。他兩個作好作歹。只寫了五十兩。然後畫
了押。賈薔收起来。然後撕還賈蓉。賈蓉先咬定牙不依。只說明
日告訴族中的人評評理。賈瑞急的至於叩頭。賈薔作好作歹
的也寫了一張五十兩欠契纔罷。賈薔又道如今放你。我就擔
着不是。老太太那邊的門早已關了。老爺正在廳上看南京東
西。那一條路定難過去。如今只好走後門。若這一走。倘或遇見
了人。連我完了。等我們先去哨探哨探。再来領你。這屋裡你還藏
不的。少時就来找東西。等我尋個地方。說畢拉着賈瑞。仍息了

燈。出至院外。摸着大臺基底下。說道這窩裏好。你只蹲着。別哼
一聲。等我們来再動。說畢二人去了。賈瑞此時身不由自己。只
得蹲在那裏。心下正盤算。只聽頭頂上一聲響。嚕拉拉一淨桶
尿糞從上直潑下来。可巧澆上他一身一頭。賈瑞掌不住噯喲
了一聲。忙又掩住口。不敢聲張。滿頭滿臉渾身皆尿屎。冰冷打
戰。只見賈薔跑来叫快走。賈瑞如得了命。三步二步。從後門跑
到家裏。天已三更。只得叫門。開門人見他這般景狀。問是怎的。
少不得扯謊說黑了。失脚掉在茅厠裡了。一面到了自己房中。

六

更衣洗濯○心下方想到是鳳姐頑他○因此發一回恨○再想想鳳姐的模樣兒○又不恨了○怎得一時摟在懷中○一夜竟不曾合眼○自此滿心想鳳姐○只不敢往榮府去了○賈蓉兩个常常的来索銀子○他又怕祖父知道了○正是相思尚且難禁○重又添了債務○日間工課又緊○他二十来歲人○未娶過親○迩来想着鳳姐○未免有那指頭兒告了消乏等事○更兼兩回凍惱奔波○因此三五下裏夾攻○不覺就得了一病○心內發膨脹○口中無滋味○脚下如綿軟○眼中似醋酸○黑夜作燒○白晝常倦○下溺遺精○嗽痰帶血○諸如

此症。不上一年。都添全了。於是不能支持。一頭跌倒。合上眼還
只夢魂顛倒。滿口亂説胡話。驚怖異常。百般請醫療治。諸如肉桂
附子鱉甲麥冬玉竹等藥。喫了有幾十斤下去。也不見個動靜。
倏又臘盡春回。這病更又沈重。代儒也着了忙。各處請醫療治。
皆不見效。後来喫獨參湯。代儒如何有這力量。只得往榮府来
尋。王夫人命鳳姐秤二兩給他。鳳姐回説前兒新近都替老太
太配了藥。那整的太太又説留着送楊提督的太太配藥。偏生
昨兒我已送了去了。王夫人道就是偺們這邊沒了。你打發個

七

人往你婆婆家那邊問問。或是你珍大哥哥那府裏再尋些來湊着。給人家喫了。救一命也是你的好處。鳳姐聽了。也不去尋。只得將些渣末泡鬚。湊了幾錢。命人送去。只說太太送來的。再也沒了。然後回王夫人。只說都尋了來。共湊了二兩送去。那賈瑞此時要命心甚切。無藥不喫。只是白花錢不見效。忽然這日有個跛足道人來化齋。口稱善治寃業之症。賈瑞偏生在內就聽見了。直着聲叫喊說快請進那位菩薩來救命。一面叫。一面在枕上叩首。衆人只得帶了那道士進來。賈瑞一把拉住。連叫菩

薩救我。那道士嘆道。你這病非葯可醫。我有个寶貝與你。你天
天看時。此命可保矣。說畢從褡連中取出一面鏡子来。兩面皆
可照人。鏡把上面鏨着風月寶鏡四字。遞與賈瑞道。這物出自
太虛元鏡空鏡空靈殿上。警幻仙子所製。專治邪思妄動之症。
有濟世保生之功。所以帶他到世上。單與那些聰明俊杰風雅
王孫等看照。千萬不可照正面。只照他的背面。要緊要緊。三日
後吾来收取。管叫你好了。說畢佯狂而去。衆人挽留不住。賈瑞
收了鏡子。想這道士倒有些意思。我何不照一照試試。想畢拿

起風月鑑来。向反面一照。只見一个骷髏立在裡面。唬得賈瑞連忙掩了。罵道士混賬。如何嚇我。我倒再照照正面是什麽。想着又將正面一照。只見鳳姐站在裏面招手叫。賈瑞心中一喜。蕩蕩悠悠的覺得進了鏡子。與鳳姐雲雨一番。鳳姐仍送他出来。到了床上。嗳喲一聲。一睁眼鏡子從手裏掉下来。仍是反着。立着一个骷髏。賈瑞自覺汗津津的底下已遺了一灘精。心中倒底不足。又翻過正面来。只見鳳姐還招手叫他。他又進去。如此三四次。到了這次剛要出鏡子来。只見兩个人走来拿鐵鎖

應在第九

把他套住。拉了就走。賈瑞叫道讓我拿了鏡子再走。只說這句。就再不能說話了。旁邊伏〔服〕侍賈瑞的衆人。只見他先還拿着鏡子。落下來便不動了。衆人上來看看。已沒了氣。身子裏下冰涼漬〔浸〕濕一大灘精。這纔忙着穿衣抬床。代儒夫婦哭的死去活來。大罵道士是何妖鏡。若不早燬此物。遺害一世不小。遂命架火來燒。只聽鏡內哭道誰叫你們瞧正面了。你們自己以假為真。何苦來燒我。正哭着只見那跛足道人從外跑來。喊道誰毀風月鑑。吾來救也。說着直入中堂。搶入手內。飄然去了。當時代儒

九

料理喪事各處去報喪事三日起經七日發引寄靈于鐵檻寺日後帶回原籍當下賈家衆人齊来弔問榮國府賈赦贈銀二十兩賈政亦是二十兩寧國府賈珍亦有二十兩別者族中貧富不一或三兩五兩不可勝數外另有各同窓家分資也湊了二三十兩代儒家道雖然淡薄倒也豐豐富富完了此事誰知這年冬底林如海的書信寄来却為身染重疾寫書特来接林黛玉回去賈母聽了未免又加憂悶只得忙忙的打點黛玉起身寶玉大不自在爭奈父女之情也不好攔勸於是賈母着賈璉

此錯簡在第十頁

送他去。仍叫帶回来。一應土儀盤纏。不消煩說。自然要妥貼。作速擇了日期。賈璉與林黛玉辭別了同人。帶領僕從。登舟往揚州去了。要知端的。且聽下回分解。

紅樓夢第十三回

秦可卿死封龍禁尉　王熙鳳協理寧國府

話說鳳姐自賈璉送黛玉往揚州去後。心中每覺無趣。每到晚間。不過和平兒說笑一回。就胡亂睡了。這日夜間正和平兒燈下擁爐倦繡。早命濃薰繡被。二人睡下。屈指算行程該到何處。不知不覺已交三鼓。平兒已睡熟了。鳳姐方覺杏眼微朦。恍惚只見秦氏從外走了進来。含笑說道嬸、好睡。我今日回去。你也不送我一程。因娘兒們素日相好。我捨不得嬸、。故来別、。

還有一件心願未了。非告訴嬸、。別人未必中用。鳳姐聽了恍
惚問道。你有何心願。只管托我就是了。秦氏道嬸、你是脂粉
隊中的英雄。連那些束帶頂冠的男子也不能過你。如何連
兩句俗語也不曉得。常言月滿則虧。水滿則溢。又道是登高必
跌重。如今咱們家赫、揚、。已將百載。一日倘或樂極生悲。若
應了那句樹倒猢猻散的俗話。豈不虛稱了一世的詩書舊族
了。鳳姐聽了此話。心中大快。十分敬重秦氏。忙問道這話慮的
極是。但有何法可以永保無虞。秦氏冷笑道。嬸、你好癡也。否

極泰来。榮辱自古週而復始。豈人力可保常的。但如今能于榮
時籌畫下將来衰時的世業。此可謂保常的了。即如目今諸事
都妥。只有兩件未妥。若把此事如此以行。則日後可保永全矣。
鳳姐便問何事。秦氏道目今祖塋雖四時祭祀。只是無一定的
錢糧。第二件家塾雖立。亦無一定的工給。依我想来。如今盛時
故不缺祭祀工給。但至將来敗落之時。此二項出自何處。莫若
依我定見。趂着今日富貴之際。將祖塋附近多置田庄房屋地
畝。以備祭祀工給之用。將来塾亦設于此。合同族中長幼大小

二

定了則例○日後按房管理○這一年的地畝錢糧祭祀工給之事○
如此週流○又無爭競○亦不能有典賣諸弊○便是有了罪○凡物皆
可入官○惟這祭産連官也不入的○便落下来○子孫回家讀書務
農○也有個退步○而祭祀又可永繼○若目今以為榮華不絶○不思
後日○終非長策○眼看不日又有一件非常喜事○真是烈火烹油○
鮮花着錦之盛○要知道也不過瞬息的繁華○一時之歡樂○萬不
可忘了那盛筵不散的俗語○此時若不早為後慮○臨期又恐後
悔無益了○鳳姐忙問有何喜事○秦氏道天機不可洩漏○只是我

與嬸、好了一場。臨别贈你兩句話。須要記着。因念道。

三春去後諸芳盡。　　各自須尋各自門。

鳳姐還欲問時。只聽二門上傳事的雲牌連叩了四下。正是報喪事。因將鳳姐驚醒。時有人回說東府蓉大奶、殁了。鳳姐聽了唬了一身冷汗。呆、的出了一回神。只得忙、的穿衣往王夫人處來。彼時合家無不納罕。都有些疑心說他不該死那長一輩的想他素日孝順。平輩的想他素日和睦親密。下一輩的想他素日慈愛。以及家中僕從老幼。想他素日憐貧惜賤慈老

三

愛幼之恩。莫不悲痛者。閑言少叙。却説寶玉因近日林黛玉回
去。剩得自己孤恓。也不和人頑耍。每到晚間便索然睡了。如今
從夢中聽見説秦氏死了。連忙翻身爬起来。只覺心中似戳了
一刀的。忍不住哇的一聲。直噴出一口血来。襲人等唬的慌忙
上来摻扶。問是怎庅樣了。又要回賈母去請大夫。寶玉笑道不
用忙。不相干。這是一點兒急火攻心。血不能歸經的原故。説着
便爬起来要衣服穿了。来見賈母。即時要過去。襲人見他如此。
心中雖放不下。又不敢攔阻。只得由他罷了。賈母見他要去。因

説才咽氣。那里不干净。二則夜裏風大。等明早再去不遲。寶玉
那里肯依。賈母只得命人預備車。多派幾個跟從人役。擁護前
来。一直到了寧國府門。兩邊的燈籠照如白晝。亂烘烘、人来人
往。裡面哭聲揺山振岳。寶玉下了車。忙、奔至停靈之室。痛哭
一場。然後見過尤氏。誰知尤氏正犯了胃氣疼的舊病。睡在床
上。然後又出来見了賈珍。彼時賈代儒賈代修賈敕等。合族長
輩平輩晚輩都来了。賈珍哭的淚人一般。正合賈代儒等説道
合家大小遠近親友。誰不知我這媳婦比兒子還强十倍。如今

四

伸腿去了。可見長房内絶滅無人了。説着又哭起来。衆人忙勸道人已辭世。哭也無益。且商議如何辦理要緊。賈珍拍手道如何料理。不過盡我力罷了。正説着只見秦業秦鍾並秦氏的幾個眷屬。尤氏姐妹也都来了。賈珍便命賈瓊賈琮賈璘賈薔四人去陪客。一面吩咐去請欽天監陰陽司来擇日。擇准停靈七七四十九日後。開喪送訃聞。這四十九日單請一百單八衆禪僧。在大廳上拜大悲懺。超度前亡後化諸魂。以免亡者之罪。另設一坛[壇]于天香樓上。請九十九位全真道士。打四十九日解寃

洗業醮。然後停于薈芳園中。靈前另別有五十衆高僧。五十位
高道。對垓（壇）按七作好事。那賈敬聞得長孫媳死了。因為自己早
晚就要飛昇。如何肯又回家染了紅塵。前功盡棄。因此並不在
意。只任賈珍料理。賈珍見父親不管。亦（益）發恣意奢華。看板時看
了幾付杉木板皆不中意。可巧薛蟠来弔問。因見賈珍尋覓好
板。便説道我們木店里有一付板。叫做什庅檣木。出在潢海鉄
鋼山上。此木作了棺木。萬年不壞。這還是當年我父親代（帶）来的。
原係義忠親王老千歲要的。因他壞了事。就不曾拿去。現在還

五

封在店裡。也沒人出得起價值能買。你若要用就取了来用罷。
賈珍聞說。喜之不盡。即命人從店中抬来。大家看時只見帮底
皆厚八寸。紋如梹榔。味若檀麝。以手扣之。玎噹如金玉之响聲。
大家俱稱賞不已。賈珍笑問價值若干。薛蟠笑道縱有一千兩
銀子。只怕也沒處買去。你我親戚。怎庅好說價不價的。賞他們
幾兩工錢就是了。賈珍聽說忙、道謝不盡。即命木匠鋸解成
做糊漆。賈政因勸道此物恐非常人可享者。買上一等的杉木。
也就是了。此時賈珍恨不能代秦氏之死。這話如何肯聽。正說

忽又聽得秦氏之丫環名喚瑞珠者。見秦氏死了。他也觸柱而
亡。此事可罕。合族人都稱嘆。賈珍遂以自孫女之禮殯殮。一並
停于蘅芳園中之登仙閣內。又有秦氏房中伏侍的小丫環名
寶珠者。因秦氏身無所出。乃甘心願為義女。承摔喪駕靈之任。
賈珍又喜又悲。即時傳下從此皆呼為寶珠小姐。那寶珠按未
嫁女之例。在靈前哀、哭、。其餘族人並家下諸人俱各遵舊
制行事。自不得紊亂。賈珍因想賈蓉乃一黌門監生。靈旛經榜
上寫時不壯觀瞻。正自想念。便是頭七第四日。早有大明宮掌

宫内官戴權。先備了祭禮着人送来。次後坐了大轎。打傘鳴鑼。
親来上祭。賈珍忙接着讓至逗蜂軒坐獻茶。彼此未免不各説
些譾遜的話畢。賈珍心中已打算定了主意。因而趂便就説要
與賈蓉捐個前程的話。戴權會意。便笑道想是喪禮上看着風
光些的意思。賈珍忙笑道老内相所見不差。實係為此。戴權道
事到湊巧。現在有個美缺。如今三百員龍禁尉。短了兩員。昨兒
襄陽侯的兄弟老三来求我。他現拿了一千五百兩銀子送到
我家裏。你是知道的咱們都是老相與。不拘怎庅樣。看着他爺

爺的分上。就胡亂應了。還剩了一個缺。誰知永興節度使馮胖子。他来求我要與他孩子捐。我就没那們大工夫應他呢。既是咱們的孩子要捐。快寫個履歷来給我。賈珍聽說。忙吩咐快命書房裏的書啟先生恭、敬、的寫了你大爺的履歷来。小廝不敢怠慢。去了一刻。便拿了一張紅紙帖来于（與）賈珍。賈珍看了忙送與戴權。戴權看時上面寫道江寧府江寧縣監生賈蓉。年二十歲。曾祖原任京營節度使。世襲一等神威將軍賈代化。祖乙卯科進士賈敬。父世襲三品爵威烈將軍賈珍。戴權看了。回

七

手便遞于与一個貼身的小廝收了。説道回来送與戶部堂官老趙。説我拜上他。起一張五品龍禁衛尉的票。再給個執照。把履歴填上。明日我来兑銀子送去。小廝答應了。戴權也就告辭了。賈珍十分欵留不住。只得送出府門。臨上轎時。賈珍因問銀子還是我們到部裏去兑。還是一並送上老内相府中去呢。戴權道若到部裏。你又吃虧了。不如兑准一千二百両。送至我家就完了。我替你送交戶部。你也省事。賈珍聽了感謝不盡。只説待服滿後親領小犬到府叩謝。罷。戴權在轎内躬身笑道。你我通家之好。這也是令郎他有福氣造化。偏、遇的這們巧。說畢作別。
接着又聽吆喝道之聲。原来是忠靖侯史鼎的夫人来了。王夫
人邢夫人鳳姐等剛迎入上房。又見錦鄉侯。川寧侯。壽山伯。三
家的祭禮擺在靈前。少時三人下轎。賈政等忙接上大廳。如此
親朋你来我往。也不能勝數。只這四十九日。寧國府街上。一
條白茫、人来人客往。花簇、官去官来。賈珍命賈蓉次日換了
吉服。領憑回来。將靈前所供執事等物。俱按五品官職例陳設。
靈牌疏上皆寫天朝誥授賈門秦氏恭人之靈位。會芳園臨街

八

大門兩邊起了鼓樂樓。兩班青衣奏樂。一對、執事擺的刀斬

斧齊。更有兩面硃紅銷金大字牌。豎在門外。上面大書

防護

内庭紫禁道。

御前侍衛龍禁尉。

對面高起着宣坛（壇）。僧道對坛（壇）。榜文上書世襲寧國公家孫媳。防

護内庭御前侍衛龍禁尉賈門秦氏恭人之喪。四大部州至中

之地。奉天永建太平之國。總理虛無寂靜教門僧録司正堂萬

虛。總理元始三教清教門道録司正堂業生等。敬謹修齋。朝天
叩佛。以及恭請諸伽藍揭帝諦功曹等神。聖恩普錫。神威遠鎮。四十
九日消災洗業平安水陸道塲等語。亦不消煩記。只是賈珍雖
然此時心滿意足。但裏面尤氏又反了舊病。不能理事。惟恐各
誥命夫人來往。缺失了禮儀。怕人笑話。因此心中反不得自在。
當下正愁悶思慮時。寳玉在側見他有些憂悶。因問道事、都
安妥了。大哥、還愁什庅。賈珍見問便將裡面無人管理的話
說了出來。寳玉聽說笑道這有何難。我薦一個人與你權理這

九

一個月的事。曾保妥當。賈珍忙問道兄弟是誰。寶玉因見坐間還有許多親友。不便明言。故走至賈珍的耳邊説了兩句。賈珍聽了喜不自禁。連忙起身笑道果然妥當。如今就去説去。遂拉了寶玉。辭了衆人。便往上房来。可巧這日非正經日期。外親友来的少。裡面不過幾位近親堂客。邢夫人王夫人鳳姐並族中的内眷。聞人報説大爺進来了。忙的衆婆娘唿的一聲。往後藏之不迭。獨鳳姐款、的站了起来。賈珍此時也有些病症在身。二則過于悲傷了。因拄了拐杖。踱了進来。邢夫人等説道你身上不好。又連日事多。該歇〻才是。又進来作什庅。賈珍一面扶拐作挣着。要蹲身跪下請安道乏。邢夫人等忙教寳玉攙住。命人搬椅子来與你大爺坐。賈珍斷不肯坐。因勉強陪笑道。侄兒進来有一件事。要求二位嬸娘並大妹〻。邢夫人忙問什庅事。賈珍笑道。嬸〻自然知道。如今孫子媳婦没了。侄兒媳婦偏又病倒。我為裡邊無人料理。實在不成個體統。意欲怎庅屈尊大妹〻一個月。在這裡替他大嫂子料理料理。我就放心了。邢夫人笑道。原来為這個。你大妹〻現在你二嬸〻家。只和你二嬸

十

嬸說就是了。王夫人接道。他一個小孩子家。何曾經過這些事。倘或料理不来。豈不反呌人笑話。到是煩別人的好。賈珍笑道嬸、意思。侄兒猜着了。是怕大妹子勞苦了。若說料理不来。我保管必料理的来。他料理的便是錯一點兒。別人看着還是不錯的。再大妹、從小兒頑笑時。他就有設法決斷。来這如今出了閣。又在嬸、那邊管事。越發歷練老成了。只怕這一點子事。還不直妹、一辦的呢。嬸、怎說不能料理的說話呢。我想了這幾日。除了大妹、。再無第二個人了。嬸、不看侄兒。也別看侄

兒媳婦現在病着。只看死了的分上罷。況且侄兒素日也聽見
説他們娘兒兩個狠好。又狠疼侄兒媳婦的。説着説着就流下
泪来了。王夫人不肯應允者。心中怕的是鳳姐未曾經過喪事。
恐他料理不清。反惹人耻笑。今見賈珍苦、的説到這步田地。
心中已應允了幾分了。却以目視鳳姐。那鳳姐他素日最喜攬
事。好借此賣弄才幹。雖然當家妥當。因未辦過婚喪大事。恐人
還看不起。巴不得遇見這事。便好顯自己的本領。今日賈珍如
此一説。他心中早已歡喜在那裡。先見王夫人不允。後因賈珍

十一

說的情真。見王夫人有些活動之意。便向王夫人道。大哥、說的這們懇切。太、就依了罷。省的大哥只是着急。王夫人悄、的問道你可能麼。鳳姐道有什麼不能的。學着辦罷咧。外面的大事大哥、已經料理清了。不過裡頭照管照管。便是我有不知道的。再請示太、就是了。難到(道)太、不賞我主意麼。王夫人听他說的有理。又兼着寶玉在傍邊替賈珍說了幾句。王夫人便不則聲。賈珍見鳳姐允了。又忙陪笑道。我也不管許多。橫竪只求大妹、辛苦辛苦。我這裡先與妹、行禮。等事完了。你大

嫂子病好了○我們再到那邊嬸、妹、府裡去道謝○説着就作
下揖去○鳳姐兒還禮不迭○王夫人又説我方才不是不肯吽你
大妹、管理事件○但恐他年輕不懂事的原故○豈有一家子有
事○反不張羅○必定還等你再三求嗚（嗎）○你心裡到別不好思想○賈
珍道侄兒知道嬸、的算計週到○便向袖中取了寧國府的對
牌出来○命寶玉送于鳳姐○又説妹、愛怎樣就怎樣○要什庅只
管拿這牌取去○也不必問我○只求諸事好看○别存心怕費了我
的銀錢○二則看這府裡的人○要同那府裡的人一樣看待○别要

十三

存心怕他們抱怨。除這兩件外。我再沒不放心的了。鳳姐不敢
就接對牌。只看着王夫人。王夫人道你大哥、既這們托你。
就照看照看罷了。雖如此說。只是別就自作主意。有了事打發
人問你哥、嫂、才是。寶玉將對牌遞與鳳姐了。賈珍又問妹
妹還是住在這裡。還是天、過来呢。若是日、早来晚去。越發
辛苦了。不如我這裡趕着收拾出一個院落来。妹、住過這幾
日。到也安穩。鳳姐笑道不用。你二兄弟不在家。那邊也離不得
我。到是天、来的好。能有幾步路兒。賈珍听說只得罷了。彼此

又說了一回閑話。方才出去。一時女眷散後。王夫人因問鳳姐你今兒怎麼樣。鳳姐兒道太太只管請先回去。我須得先理一個頭緒出来。再回去呢。王夫人听說。便同邢夫人等回去。不在話下。這鳳姐兒来至三間一所抱厦内坐了。因想頭一件事。是人口混雜。遺失東西。第二件事無專執。臨期彼此推委。第三件需用過費。濫支冒領。第四件任無大小。苦樂不均。第五件家人豪縱。有臉者不能服黙約束。無臉者不能上進。此五件實係寧國府中的風俗。不知鳳姐如何處治。且听下回。正是

十三

金紫萬千誰治國。

裙釵一二可齊家。